BLOgANdO e aNDando

Casseta & Planeta apresenta

BETO SILVA

BLOgANDO e ANDANDO

MATRIX

© 2016 - Beto Silva
Direitos em língua portuguesa para o Brasil:
Matrix Editora
www.matrixeditora.com.br

Diretor editorial
Paulo Tadeu

Capa e projeto gráfico
Monique Schenkels

Foto do autor
Vinícius Tamer

Revisão
Silvia Parollo
Maria A. Medeiros

CIP-BRASIL - CATALOGAÇÃO NA PUBLICAÇÃO
SINDICATO NACIONAL DOS EDITORES DE LIVROS, RJ

Silva, Beto
Blogando e andando / Beto Silva. - 1. ed. - São Paulo: Matrix, 2016.
160 p.; 21 cm.

Inclui índice
ISBN 978-85-8230-237-8

1. Crônica brasileira. I. Título.

16-29767   CDD: 869.98
                 CDU: 821.134.3(81)-8

Para Sandra, Guga e Bia

Sumário

Introdução	9
Etiqueta para os novos tempos	11
Conversa no celular	13
Papo de botequim	15
Old Black Bloc	17
Na fila do novo lançamento da Apple	19
Manifesto XG	21
Curso de BBB	24
Roteirista do dia a dia	26
Infernet	28
Novas historinhas infantis	30
Pode ou não pode olhar?	32
Reencontro virtual ou real?	35
Encontro carioca	38
Trocãodilhos	40
Homens comprando	42
Camisa rosa	43
Pontas duplas	45
Eu e o novo Xbox	47
Tem um bilhãozinho pra me dar aí?	49
Pais casados	51
Meu filho, meu tesouro	53
Aham	55
Coisando e causando	57
www. reclamao.com	59
Fakes falsos e falsos fakes	61
Assina aqui pra lançar o meu partido...	62
Verba indenizatória	64
Tudo acaba em pizza	66
As agruras de um peladeiro	68
Times de menor investimento	70
Fim de relacionamento	72
Boa educação	74
Um acidente	76
Alguns conselhos para uma vida melhor	78

Chato, chato, chato!	79
Dois tipos	81
Encontro com pentelhos	82
Dilemas... dilemas... dilemas...	84
Crise existencial	86
Uma teoria sobre taxistas	87
Achei minha coleção de frases de para-choque	89
Amigo de infância	92
Vai, confessa!	94
Uma delegacia especializada	96
Pra que seguir o GPS?	99
Minhas malas somem	102
Meu passado de milico	104
Eu já fui uma diva do axé	106
O relógio	110
Mistério resolvido	112
Ih, a bateria acabou!	114
Novos programas para download	116
O futuro da informática	119
Eu não gosto de jiló	120
Alguns Fla x Flus	122
Valeu, Detran!	124
O amigo agente da CIA	126
Enquanto isso, no restaurante...	128
Cena de ação	130
Debate matrimonial	132
Spam... spam... spam...	134
Enfia essa bandeira...	136
Será que a internet emburrece?	138
Rindo nas redes sociais	140
Coisas que não sei fazer	142
O mistério dos vestidos de noiva	144
As mais novas profissões de futuro	146
Anote o número do protocolo	149
Assistente virtual	151
Políticos corruptos anônimos	153
E finalmente... os finalmente	155

Introdução

Há alguns anos me acenaram com a possibilidade de escrever um blog. Na época, eu ainda não era muito enturmado com a internet e achei o nome blog engraçado; o som parecia de alguma onomatopeia que eu desconhecia – bloc, ploc, plunkt, plact, zum... será que eu não ia a lugar nenhum? Curioso, passei a publicar textos nesse meu blog, um tanto tímido no início. Logo aprendi que os textos na internet eram chamados de *posts*.

Mais ou menos na mesma época me apresentaram também as redes sociais. Disseram que era uma boa maneira de divulgar os meus *posts*. Eu então fui conhecer as tais redes sociais. Tentei ser cordial, me apresentei, estiquei a mão buscando um cumprimento e falei:

– Prazer, Beto Silva.

O Twitter chegou cheio de intimidades e saiu me xingando, me sacaneando e prometendo me trolar. Também não sabia o que significava esse verbo trolar, mas rapidamente descobri que era apenas uma maneira própria que os tuiteiros tinham de dizer que iam xingar e sacanear alguém.

O Facebook veio todo amiguinho, me cumprimentou, me mostrou vários amigos que eu não via há anos e alguns novos amigos que me entupiram de fotos de gatinhos e frases de autoajuda.

Algum tempo depois apareceu o Google+, cheio de promessas. Uma rede social com nome de gente grande: Google. E que ainda tinha esse sobrenome: "Mais"! Mas logo descobri que, apesar do sobrenome pomposo, o Google+ não era nem mais nem menos que as outras redes sociais.

Acabei me dando bem com todas essas redes sociais,

procurando me comportar de acordo, seguindo a etiqueta ou falta de etiqueta de cada uma delas. Os amigos, seguidores e congêneres foram aumentando e acabei ganhando leitores para os textos (ou *posts*) que publicava em meu blog. Toda vez que publicava algo no blog, eu anunciava nas redes sociais, e as respostas vinham. Logo surgiram alguns *haters* para trolar os meus *posts*. Haters era mais uma palavra internética que aprendi, que significa "gente babaca a fim de falar mal de qualquer coisa". Não me intimidei, continuei *blogando e andando* para eles. O número de leitores do blog só aumentava, e os comentários positivos também. Gostava cada vez mais da ideia de ter um lugar em que pudesse publicar textos de humor, o que fiz por muito tempo nas revistas *Casseta Popular* e *Casseta & Planeta* – tinha parado de publicar havia alguns anos.

Procurei manter o blog sempre atualizado, dois a três *posts* por semana, falando sobre tudo: política, futebol, comportamento e o impacto das novas tecnologias em minha vida. Contei também algumas passagens divertidas da trajetória do *Casseta & Planeta*, esbocei algumas ficções curtas, outras curtíssimas, publiquei muitas frases engraçadas e falei de mim, do Brasil, do mundo, e de mim no Brasil e no mundo.

O que vem em seguida é, portanto, uma seleção de muita coisa que publiquei no blog, principalmente do que sobreviveu ao tempo. Muitos textos ainda estão no meu blog, são fáceis de achar na internet ("Oba, vou ler lá e economizar!"), mas outros pertencem a um blog inicial que já saiu do ar e só *hackers* e *nerds* superespecializados são capazes de encontrar na selva internérdica ("Ah, que chato!"). E também tem vários textos inéditos que guardei para publicar nesta velha mídia sempre atual que é o livro. ("Porra! Assim eu tenho que comprar o livro!")

Portanto, como se diz na internet, curta e compartilhe!

Etiqueta para os novos tempos

Eu estava numa festa conversando com um casal. Não os conhecia, e o papo não estava rolando muito bem. Então, num instante em que ficamos meio sem saber o que falar, resolvi, só para puxar assunto, perguntar:

– Vocês gostam dos filmes do Tarantino?
– Gosto... – o cara falou, e a moça logo engatou:
– Foi bom você tocar nisso, porque eu acabei de colocar 300 mililitros nos meus peitos.

Não entendi por que os peitos da moça se intrometeram naquela conversa, mas logo ela explicou:

– É que eu brinco com o meu marido que, antes da operação, os meus peitos é que eram os *Bastardos Inglórios*.

Os dois riram muito, e eu dei um sorriso mais amarelo que a camisa da seleção.

– Rárárá!
– Achou bom? – ela perguntou.
– O filme?
– Não, os peitos – foi o marido que corrigiu.

Fiquei sem saber o que dizer. Diria que sim sem nem olhar para os peitos? Olharia pros peitos pra dar um palpite fundamentado? Manusearia o produto para dar uma opinião mais concreta? Ou fingiria que não havia escutado a pergunta e mudaria de assunto? Paralisei, sem saber como agir. Não era uma cantada, já que o marido estava junto. Ou será que os dois estavam me cantando? Concluí que o casal queria mesmo era saber a minha opinião sobre os peitos novos da moça e, pelo jeito, esse era o tema central de todas as suas conversas.

Parece que isso é considerado natural hoje em dia. Afinal, a pessoa gasta uma grana, investe uma fortuna fazendo uma operação nos peitos e precisa mostrar a obra. É que nem reforma da casa. A ideia é que todo mundo saiba. É normal divulgar, colocar no Facebook, no Twitter e comentar em festas.

Mas, quando a opinião é pedida pra gente, ficamos sem saber o que dizer. O que será que a etiqueta reza sobre esses casos? Será que eu teria que ser polido e dizer:

– Parabéns, belo trabalho! Quem foi o cirurgião?

Não sei... Talvez ela esperasse que eu fizesse uma piadinha:

– Bela marquise, hein! Na sua barriga não chove nunca mais!

Não, acho que não...

Que tal:

– Beleza de peitaria! A galera vai cair de boca!

Será? Não sei, muito ousado, a moça poderia ficar chocada. Até mais do que eu estava.

Realmente não entendo muito de etiqueta de novos peitos, novas barrigas, novas bundas... o que se fala para essas pessoas?

No meu caso, eu desconversei, disse que tinha que ir ao banheiro e saí fora antes que a minha mulher se aproximasse no exato instante em que o casal pedisse para eu fazer fom--fom para testar a qualidade do material.

Ah, sim! E sobre os *Bastardos Inglórios*, o filme, eu adoro, acho sensacional!

Conversa no celular

Eu estava na fila do caixa eletrônico quando chegou uma moça colada em seu celular, conversando em altos brados. Como a fila era grande e lenta, eu e todas as pessoas que ali estavam fomos obrigados a escutar a conversa da moça. Ela gritava impropérios, acusando uma amiga de ser metida a besta porque passou por ela e não a cumprimentou direito. Depois de uns cinco minutos acompanhando, resolvi dar um palpite:
– Acho que você está sendo injusta com a sua amiga.
A moça do celular estranhou, mas continuou conversando. Repeti:
– Eu acho que você tá sendo injusta com a sua amiga.
– Você tá falando comigo? – ela perguntou.
– Estou. Estou dando a minha opinião sobre o assunto.
– Como assim? Por que o senhor acha que pode entrar assim nos meus assuntos particulares?
– Porque eu estou aqui há um tempão escutando a sua conversa e tenho o direito de participar também.
– Não! O senhor não pode participar da minha conversa. É assunto particular.
– Nesse volume em que a senhora está falando, a sua conversa não pode ser particular, ela é pública.
– A minha conversa não é pública, é particular.
– Claro que é pública. Eu já sei que a sua amiga é metida a besta, que ela está gorda, que não sabe se vestir, sei até que o marido dela é corno.
– Eu não disse isso, eu disse que acho que ele é corno – ela percebeu que estava me dando conversa e voltou a atacar. – O senhor não tem nada a ver com isso!
– Eu não tenho nada a ver com isso, mas como a

senhora está aí falando alto tudo isso sobre a sua amiga, eu já me considero íntimo dela e quero dar o meu palpite. Aliás, eu só não, todo mundo aqui na fila quer participar. Não é, gente?

– Éééé! – as pessoas da fila responderam fazendo um corinho.

Uma senhora que estava atrás de mim se animou:

– Eu não concordo com ele – apontou para mim.

– Tá vendo? – a moça do celular falou. – Nem todo mundo é como o senhor. Ela sabe que a minha conversa é particular.

– Não, com isso eu concordo com ele, a gente já está sabendo de tudo da vida da sua amiga. O que eu não concordo é que eu acho que você está sendo justíssima, amiga besta tem que ser maltratada mesmo.

– Eu não acredito! – a moça resolveu voltar a falar com a interlocutora no telefone, fingindo que não era com ela.

– Você acredita que as pessoas aqui da fila querem dar palpite na nossa conversa?

A interlocutora do outro lado falou alguma coisa.

– O que ela acha? – eu perguntei.

– Não interessa! – a moça respondeu com rispidez.

– Claro que interessa! Nós queremos participar da conversa também.

– É, a senhora não está sendo democrática, mocinha! – foi outra senhora da fila que falou.

– É verdade. Coloque a sua amiga no viva-voz, senão a gente não participa direito da conversa – um rapaz propôs.

Todos concordaram e começaram um corinho:

– Viva-voz! Viva-voz! Viva-voz!

Desta vez a moça não respondeu. Nem colocou seu celular no viva-voz para atender os pedidos do povo da fila. Ela simplesmente desistiu da fila do caixa eletrônico e foi embora. Claro, sem desligar o celular.

Papo de botequim

Dois amigos estão num bar, sentados frente a frente. Não se falam, de olho em seus celulares. De repente, um dos dois se dá conta:
– Você já reparou que a gente está aqui há um tempão e não se falou nem um instante?
– Eu falei, te mandei uma mensagem.
– Estou falando de conversar, olho no olho.
– A gente pode se falar pelo Facetime.
– Não, sem o celular.
– Aaaah!...
– Tá bom. Cinco minutos sem celular. Topa?
– Beleza.
– Vamos falar de quê?
– Sei lá.
– Dá uma ideia de um assunto aí.
– Dá você.
– Que mensagens você estava trocando com seus amigos?
– Ah, eu estava perguntando se tinham visto a foto que eu postei no Instagram.
– Que foto?
– De você na minha frente mexendo no celular.
– Você tirou uma foto minha?
– Tirei. Achei engraçado você olhando direto pro celular.
– Eu não vi quando você tirou a foto.
– Claro que não, você não tira os olhos do celular.
– Tudo bem... e o que a galera comentou sobre a foto?
– Achou engraçado a gente estar aqui sentado frente a frente sem se falar.

– Você também achou engraçado?
– Achei.
– E o que você disse pra eles?
– Ah, sei lá, disse que também estava achando engraçado.
– Tipo kkk, rarárá...
– Hashtag rialto.
– Ri alto? Mas eu não escutei você rindo alto.
– Eu ri alto por dentro, aqui no celular.
– Ah, então você estava rindo de mim, na minha frente.
– Eu não estava rindo na sua frente, estava rindo no Facebook.
– Mas rindo de mim!
– Eu não estava rindo de você. Estava rindo da situação.
– Podia ter comentado isso comigo.
– Eu te mandei uma mensagem. Você é que não viu.
– Foi mal. Eu estava ocupado trocando umas mensagens com o meu grupo da faculdade.
– Estava ocupado falando o quê?
– Que eu não podia falar com eles porque estava aqui no bar com você.
– Mas você não estava falando comigo...
– Porque estava ocupado digitando pros meus amigos.
– E se você falasse comigo tipo... com a boca?
– É...
...
...
– Já passaram os cinco minutos?

Old Black Bloc

– Filho, eu descobri essas coisas no seu armário...
– Qual é o problema de ter uma máscara de anônimo e um taco de beisebol?
– Você usa isso?
– Não... quer dizer, às vezes...
– É que estou precisando. Será que você me empresta?
– Precisando? Pra quê?
– É que eu li as coisas que você andou escrevendo na internet...
– Você andou lendo o meu Face?
– Qual é o problema? Não é público?
– É, mas...
– Pois é, eu li o que você escreveu e...
– Pai, eu sei que você não gostou do que eu escrevi lá, mas... eu não vou discutir, são as minhas ideias. Eu sou anarquista e...
– Não. Eu achei legal. Você me convenceu.
– Convenci de quê?
– Tá tudo errado mesmo... eu li o que você escreveu e concordo. Agora eu sou anarquista também, que nem você...
– Você o quê? Pai... que história é essa?
– É, você fez a minha cabeça. Tem que quebrar tudo mesmo!
– Que é isso, pai? Você não pode... você é velho!
– Posso, sim. Agora eu sou Old Black Bloc!
– Pai, você não pode... você é diretor de uma empresa enorme e...
– Não sou mais, não. Larguei o meu emprego. Mandei o meu chefe tomar no cu. Mandei todo mundo lá tomar no cu.

– Que é isso? Você não pode largar o seu emprego. Você está há 30 anos lá...

– Posso, sim! Aliás, tô juntando uma galera pra ir lá quebrar tudo.

– Quebrar tudo onde?

– No meu trabalho! Vamos quebrar tudo! Abaixo a opressão! Abaixo tudo!

– Você não pode fazer isso, pai...

– Posso, sim! É só você me emprestar a máscara e o taco de beisebol. E aí, você vem comigo?

– Não... acho melhor não...

– É melhor você vir porque, agora que eu larguei tudo, a gente vai ter que sair deste apartamento...

– Sair daqui? E onde a gente vai morar?

– Sei lá. Vamos acampar em frente a uma empresa capitalista qualquer e exigir o fim do capitalismo.

– Pai, você não pode fazer isso! Não pode abandonar tudo!

– Já tô indo. Fui!

– Peraí, pai! Pai! Volta aqui! Volta aqui, pai! Voooltaaaaa!

Na fila do novo lançamento da Apple

– Você acha que a fila ainda demora muito?
– Não, acho que agora só mais uns dias.
– Beleza. Eu tô aqui desde o lançamento do iPhone 6. Aproveitei e já fiquei pro próximo.
– Eu também.
– E, pelo jeito, um monte de gente teve a mesma ideia, né?
– É, a fila tá grande.
– Até que não, acho que só uns dois quilômetros.
– Você sabe me dizer o que eles estão lançando?
– Você não sabe?
– Não. Quando eu entrei na fila, ainda não tinham divulgado.
– Eu também não.
– Você não consegue ver no seu iPhone?
– A bateria acabou.
– A minha também.
– E não dá pra sair da fila, senão a gente pode perder o lugar.
– É verdade.
– Parece que é um relógio.
– Relógio? Pra quê?
– Ah, sei lá. Ver as horas.
– Só? Ah, deve ter mais coisa. A Apple é foda, não ia lançar um relógio só pra ver as horas. Se for um relógio, eles vão até mudar o conceito de ver horas.
– Certamente. A Apple é foda!
– De repente o relógio vai marcar só *tipo* seis horas.
– E parece que dá pra ver e-mail também.
– Ver e-mail? É, mas devem ter mudado o conceito de e-mail.

– Ah, devem. E parece que dá pra controlar a saúde também. Tipo ver os batimentos cardíacos…

– Eu tô precisando mesmo controlar a minha saúde. Sabe como é, esse negócio de ficar parado na fila tanto tempo não faz bem.

– É verdade. Pensa só: se a gente já estivesse com o relógio da Apple, a esta hora a gente já saberia quanto tempo falta pra conseguir comprar o novo relógio da Apple.

– Ah, com certeza. A Apple é foda.

– A Apple é foda!

Manifesto XG

Desde moleque eu convivo com uma barriguinha. Quer dizer, era uma barriguinha, mas, à medida que fui crescendo, ela foi perdendo o direito ao diminutivo e virou uma bela barriga. Acho que em algum período da minha vida chegou a merecer o aumentativo, barrigão, mas barrigaço, nunca! Posso dizer que sempre foi uma barriga de responsa, vamos colocar assim.

Apesar de ter essa barriga, eu sempre pratiquei esportes, principalmente futebol, e jogo bem, ouso dizer. Fui do time da turma, do time da escola, do time do prédio, do time do condomínio, disputei campeonato carioca de futebol de salão, um esporte antepassado do futsal. A barriga e meu tamanho avantajado nunca atrapalharam as minhas performances futebolísticas.

Uma vez meu time da escola ganhou um campeonato e aconteceu uma cerimônia em que entregaram umas medalhas. Em um determinado momento, alguém da organização chamou ao microfone:

– Por favor, subam ao palco os atletas para receber as medalhas.

O time todo foi, mas eu fiquei no meu lugar. Alguém me perguntou:

– Você não vai subir, não?

– Não. Eles chamaram só os atletas.

Eu não me considerava um atleta. Era um jogador de futebol, mas não atleta. Atleta tem o corpo sarado, não tem barriga, e eu tinha. Então me explicaram que, apesar da barriga, eu era, sim, um atleta. Só então eu subi ao palco. Eu e minha barriga, orgulhosa por pertencer a um atleta.

Pois eu sou barrigudo, sim, sem grandes problemas. Sou um cara grande, fui tamanho GG por um bom tempo, mas a partir dos 40 anos eu virei *extralarge*. E há muito tempo convivo com um problema por causa desse meu tamanho. No Brasil não se faz mais nada XG! Por quê? Não sei, só sei que eu não consigo comprar roupa aqui. Nos States você encontra todos os tamanhos de roupa: *extralarge, XX-large, XXX-large, giga-megalarge, fat-elephant-large, wale-extralarge*, mas no Brasil só tem até GG. Será que as nossas lojas acham que pega mal um barrigudo passear por aí vestindo as suas criações? Será que usar mais pano para confeccionar uma roupa dá prejuízo? Não sei a resposta, só sei que eu estou de saco cheio disso! Toda vez que entro numa loja e pergunto:

– Essa camisa, tem XG?

O vendedor magricelo que me atende responde sempre a mesma coisa:

– Não, o tamanho maior é GG. Mas prova, às vezes cabe.

Às vezes cabe é o cacete! Não cabe! Eu sou XG! O que custa fazer um tamanho a mais? XG não é tão maior assim! Não precisa chegar ao nível dos americanos, não precisa fazer *XXXXXX-large*, basta o XG. Tem muito cara por aí grande como eu. Nós não somos tão minoria assim.

Eu sei muito bem o que vai acontecer. Eu vou publicar este texto, e um monte de gente vai dizer:

– Ah, por que tu não emagrece, sua vaca?

– Bem feito, rolha de poço, quem mandou não fazer dieta?

Pois eu vou logo respondendo:

– Eu faço dietas desde os 15 anos de idade, e foi graças a elas que me mantive do mesmo tamanho. E qual é esse tamanho? Acertou quem disse XG! E vou dizer outra coisa: as camisas GG cabem em mim, mas eu não gosto de camisa apertada. Por que os caras grandes como eu são condenados a andar por aí com camisas apertadas? Por quê?

É por isso que eu peço: por favor, mesmo não sendo gordo, solidarize-se com um XG, entre nessa campanha, ajude um XG! Pense que um dia você pode passar as férias na Bahia, se empanturrar de acarajé e cerveja e na volta perceber que virou um XG. E aí você também vai sofrer. É fácil ajudar, é só fazer o seguinte: na próxima vez que entrar numa loja, pergunte várias vezes ao vendedor, aquele anoréxico que veste P, por que eles não fabricam tamanho XG? É só perguntar. Mas não pergunte só uma vez, pergunte várias vezes, insista até irritar, encha o saco mesmo. Quem sabe assim eles não mudam de ideia.

Curso de BBB

– Bom dia, eu gostaria de conhecer o curso…
– Claro, vai ser um prazer. Bom, este é o único curso para Big Brother do Brasil. Nós somos pioneiros em técnicas para Big Brothers. Se você quiser conhecer a escola, nós podemos fazer um tour.
– Ah, eu gostaria, sim.
– Então vamos dar uma espiadinha. Por aqui, por favor… Esta é uma de nossas salas de aula, as alunas estão tendo agora uma aula de troca de roupa…
– Troca de roupa?
– É, uma das coisas mais difíceis do Big Brother, principalmente para as mulheres. Nós as ensinamos a trocar a roupa mostrando só um pouquinho dos seios ou da bunda, mas sem exagero. É difícil fazer parecer que a toalha caiu e a bunda apareceu sem querer, mas é importante. Um caquinho de peito no *pay-per-view* pode render um comentário do Bial em dia de paredão…
– Interessante… E nesta sala, o que são essas pessoas paradas num pé só?
– É a nossa aula para provas de resistência. É preciso treinar bastante, senão a pessoa vai desistir logo e *bye--bye* liderança… Esses aí estão há 32 horas num pé só. São alunos experientes.
– Caramba! Eu estou ouvindo risos?
– Ah, é da sala ao lado. Aula de frases de efeito. Sabe, a gente ensina umas frases engraçadas, umas piadinhas bobas pro *brother* usar de vez em quando e passar uma imagem de simpático. Ah, também ensinamos uns truques de linguagem, uns erros de português bem colocados… às vezes o *brother*

fala uma estupidez e parece autêntico, e isso ganha pontos com o público.

– E aquele cara deitado ali... Está fazendo o quê?

– Ele está no meio da aula de liderança. Líder fica um tempão no bem-bom no seu quarto, mas tem que saber como fazer, não pode ficar deitado numa postura arrogante, entendeu? A liderança é uma arte, e aqui nós ensinamos essa arte.

– Peraí, aquele aluno ali está tropeçando nas pernas… será que ele está com algum problema?

– Problema nenhum! Ele só está bêbado, deve estar saindo da aula de festas. Todo dia tem festa no BBB e é preciso saber como se comportar…

– Ah, legal… bom, gostei do que vi.

– E nós temos muito mais: uma sexóloga que ensina como fazer sexo debaixo do edredom, uma aula de técnicas e estratégias de votação, técnicas de conversação com o Bial… temos até uma professora que ensina a perceber pelo toque se o Big Fone vai trazer boas ou más notícias; o nosso curso é completo!

– Gostei! Vou me matricular. Quanto tempo dura o curso?

– Nosso curso dura seis meses. Depois disso você está apto a ganhar o Big Brother.

– Seis meses? Nossa, é muito tempo…

– É, mas é porque o curso é bem completo.

– Mas… e se eu não conseguir entrar no Big Brother, vocês devolvem o dinheiro?

– Não, mas se você entrar e utilizar as técnicas que ensinamos aqui, vai chegar fácil, fácil ao paredão final.

– Bom, eu vou pensar.

– Claro. Fique à vontade. Quando decidir, é só ligar e digitar 001 se quiser fazer o curso ou 002 se não quiser. Ou, se preferir, pode fazer de graça pela internet.

Roteirista do dia a dia

O cara me chamou pra conversar num restaurante caríssimo. Era um ator famoso, casado com uma atriz ainda mais famosa, faziam um casal lindão, ambos protagonistas de novela. Ele foi direto ao assunto:
– Chamei você aqui para propor um trabalho.
– Puxa, escrever um texto pra você vai ser uma honra.
– Na verdade, o texto é para o casal.
– Nossa, eu fico lisonjeado. Vocês são um dos casais mais importantes da televisão, estão bombando.
– Na verdade, o trabalho é meio diferente... – ele respirou fundo. – Você sabe que eu e a minha mulher começamos a namorar logo no início da novela, no mesmo dia em que os nossos personagens também começaram a namorar. A nossa química era perfeita em cena...
– Eu sei, eu sei, o Brasil inteiro ficou apaixonado pelo casal.
– Pois é, e fora de cena a gente se dava superbem também, tanto que nos casamos.
– Foi sensacional! Vocês se casaram na novela e na vida real no mesmo dia. O país parou!
– Foi incrível mesmo. Pois agora a novela está acabando, e é aí que você entra.
– Nossa, vai ser um desafio... imagine um trabalho que faça o mesmo sucesso que vocês fizeram na novela.
– Na verdade, não é um trabalho pra TV nem pro teatro, nem pro cinema...
– Desculpe, mas eu não estou captando...
– Eu sei, é meio diferente mesmo. O problema é o seguinte: é que, com o fim da novela, nós estamos com medo.

– Que é isso? Vocês têm muito talento, vão conseguir sucesso em qualquer novo trabalho.

– Não, nós temos medo de que o nosso casamento acabe. Sem as cenas da novela, nós não vamos saber o que falar, quando conversar, quando é a hora de beijar.... O nosso relacionamento pode acabar. Sobre o que a gente vai conversar?

– Ah, vocês vão saber o que conversar...

– Não vamos, não. Nos fins de semana, quando não tem novela, nós já ficamos meio devagar, sem saber muito bem o que fazer... E não queremos que depois de a novela acabar a gente fique sempre assim. E é aí que você entra.

– Eu?

– É, assim que a novela chegar ao último capítulo, nós queremos que você escreva pra gente.

– Escrever o quê?

– Roteiros para o dia a dia. Conversas, ideias do que fazer, cenas de amor, pode até ter umas briguinhas...

– Mas eu sou humorista, só escrevo comédia.

– Nós sabemos, mas pensamos bastante e decidimos que rir muito é importante. Queremos ser um casal muito engraçado.

Bom, eu ainda relutei um pouco em aceitar a proposta, mas a grana era muito boa. O casamento já dura anos. Pouca gente conhece esses textos que produzo todo dia, mas eu posso dizer que, com certeza, é um dos melhores trabalhos que já fiz.

Infernet

Outro dia ouvi a internet ser chamada de Infernet. Adorei. Às vezes a internet se enche mesmo de diabinhos e se transforma num verdadeiro inferno virtual.

A Infernet começa, por exemplo, quando você abre o seu Facebook e posta uma frase ingênua, falando sobre um filme, um livro ou sobre a Páscoa, algo que fiz outro dia. Postei a frase:

"Tá chegando a semana da Páscoa, semana de lembrar que chocolate dá espinha e engorda. Semana de dizer foda-se!".

Imediatamente começaram a pipocar comentários. Os primeiros são os "kkk", "rsrsrs", "rárárá", "hahaha", "ririri" e outros novos sinônimos internéticos para risadas. Fiquei feliz, a minha piadinha pascoalina havia funcionado. Logo um sujeito que não gostou da piada tascou seu comentário: "Não achei a menor graça!".

Tudo bem, fiquei meio cabreiro, mas deixei lá o comentário. Afinal, sou pela democracia, todo mundo tem direito a ter a sua opinião.

Então, um sujeito que sabe que eu não sei quem ele é manda: "Sem graça e gordo! E vai engordar mais, hein, sua vaca!".

Beleza! Deixei a porra da opinião do animal ali. Afinal, sou ou não sou um partidário dessa porra de democracia?

Mas a Infernet não havia nem começado. Ela ainda não tinha mostrado as suas asinhas ou chifrinhos. Não tardou muito para chegar um comentário pseudopolitizado:

"Você fala isso porque tem grana pra comprar ovo de Páscoa. E quem não tem e não pode falar foda-se?".

Nem tive tempo de pensar, logo chegou outro comentário com a resposta:

"Isso é porque o governo só gasta grana com ministérios sem sentido! Por que não cria o Bolsa Ovo?".

Então o primeiro cara se enfureceu e defendeu o governo. Logo o segundo, ainda mais enraivecido, acusou o governo de várias falcatruas. Os dois ficaram trocando comentários acusatórios entre si. Tudo isso no espaço para comentários do MEU idiota *post* de Páscoa! Os comentários passaram de uma frase para duas frases, para um parágrafo, e então verdadeiros tratados contra ou a favor do governo. Quarenta mensagens depois, quando alguns amigos dos comentadores já haviam entrado na conversa trazendo novos argumentos a favor ou contra, um sujeito lançou um comentário tentando mudar de assunto:

"Gente, pare de brigar. Por que vocês não falam de algo com que todo mundo concorda? Falem mal do Luan Santana, por exemplo!".

Aí fodeu!

Os fãs do Luan Santana devem ter programas-robôs, sei lá como se chamam, que detectam qualquer frase que fale mal de seu ídolo. Foram poucos segundos até a tropa de elite que age em defesa do cantor entrar na história com dezenas de comentários defendendo o Luan Santana, jurando fidelidade eterna e até ameaçando de morte quem ousasse falar mal do seu amado ídolo. Até que uma das fãs radicais citou o Justin Bieber, e aí a guerra se internacionalizou.

Era a Infernet em plena atividade dentro dos comentários do meu *post!*

Novas historinhas infantis

As crianças de hoje têm uma relação completamente diferente com celulares e todos os outros *gadgets* que existem. Antes de 1 ano de idade o bebezinho já está mexendo no iPhone, tocando com os seus dedinhos na tela. Com 1 ano já mandam um WhatsApp pra mãe pedindo para mamar.

Aos 3 anos já tem bebê com o seu próprio perfil no Facebook e no Instagram. Como é que nesse novo mundo as historinhas infantis poderiam permanecer iguais?

Olhe só como uma mãe moderna conta a história da Chapeuzinho Vermelho para o seu filho:

Uma garota conhecida como Chapeuzinho Vermelho atravessa a floresta para entregar um pen drive pra sua avó. Ela posta uma *selfie* no Facebook e escreve: "Indo para a casa da vovó #duvidadocaminho".

Chapeuzinho segue andando, até que, em determinado momento, a estrada se bifurca. Ela tenta acessar o Google Maps, mas o seu celular está sem sinal. Nesse instante aparece o lobo mau, que estava de olho nas redes sociais e tinha lido os *posts* da Chapeuzinho no Facebook. O lobo diz que conhece a área e sugere que ela tome o caminho da direita. Chapeuzinho segue o conselho do lobo sem saber que esse trajeto é mais longo. Enquanto isso, o lobo segue pelo caminho curto, chega à casa da avó, prepara um prato com ela, fotografa e posta no Instagram: #pratododia. Depois a devora completamente e tuíta tirando vantagem: #vovódelícia #esperandoasobremesa. Depois o lobo se veste com as roupas da vovó e aguarda a Chapeuzinho na cama da velha. Quando a menina chega, nota a aparência estranha de sua avó e tem o famoso diálogo com o lobo:

– Por que esses olhos tão grandes?
– Ó, minha querida, são para enxergar melhor as letras do celular.
– Por que essas orelhas tão grandes?
– São para ouvir melhor o meu iPod.
– E por que essa boca tão grande?
– É para te comer!

Nesse momento o lobo se revela e tenta pegar a Chapeuzinho, mas, antes de ser devorada, a menina consegue mandar uma mensagem de socorro pelo Facebook. Um caçador, que estava na floresta tirando *selfies*, lê a mensagem da menina com a sua localização. Ele vai até a casa da vovó, onde encontra o lobo dormindo na cama. O caçador então acessa um site de cirurgia, segue as instruções e consegue abrir a barriga do lobo, de onde retira, ilesas, Chapeuzinho e sua avó. O caçador, Chapeuzinho e a vovó fazem um vídeo e postam no YouTube. O vídeo faz o maior sucesso, vira *meme* e fica por mais de uma semana como *trending topic* no Twitter.

Pode ou não pode olhar?

O amigo sentou-se ao meu lado na mesa cheia de bar. Estava triste, não ria de nenhuma piada.
– O que aconteceu? – perguntei.
– Briguei com a namorada.
– Que chato, rapaz. O que houve?
– Foi por causa de uma bunda.
– Ela te pegou no flagra?
– Não, ela me pegou olhando pra uma bunda.
– Você olhou para uma mulher com a sua namorada perto?
– Perto não, a gente estava andando junto, de mãos dadas, quando a moça passou. Eu não olhei pra mulher, só olhei pra bunda.
– Pô, meu irmão, como é que você olha pra uma bunda andando de mãos dadas com a sua namorada?
– Ah, foi meio automático... A bunda passou e eu olhei. Qual é o problema? Você sabe que pra certas bundas a gente não consegue deixar de olhar. Eu não queria nada com a moça... Eu não ia tentar nada, isso nem passou pela minha cabeça... Era só pra dar uma conferida, ver se a bunda era boa ou não. Pra homem, olhar para uma bunda é como tossir ou espirrar, a gente não consegue evitar. É mais forte que a gente. Eu disse isso a ela.
– E ela entendeu?
– Não! Ela disse que eu não ia gostar se ela olhasse pra bunda de um homem... Eu respondi que não é normal mulher olhar pra bunda de homem, mas homem olhar pra bunda de mulher é a coisa mais corriqueira do mundo. Se ele não olha, pode ficar até com torcicolo. O pescoço tentando virar pra

trás e o cara firme ali, tentando não olhar. Dependendo da bunda, o cara pode até quebrar o pescoço.

– É, pensando bem, qual é o problema de o cara dar uma olhadinha?

– Exatamente! E qual é o problema de olhar e dizer o que achou?

– Peraí, você fez algum comentário?

– Fiz um comentariozinho, nada demais...

– Pô, olhada com comentário complica!

Nesse momento, um cara que estava na mesa ouvindo o papo deu a sua opinião:

– Olha, pra mim a regra é a seguinte: se o casal está namorando há mais de um ano, o sujeito tem o sagrado direito de olhar pra uma boa bunda, mas com comentário só se o casal estiver casado há um tempão e cheio de filhos.

– Nada disso! – outro componente da mesa entrou na discussão. – Olhar sem comentar não faz o menor sentido. O comentário já faz parte da olhada. Que comentário você fez?

– Eu só falei "que bundinha!" – o meu amigo respondeu.

– Acho que isso não tem nada demais. Não pode é ser grosso, tipo "que bundão", "olha só que rabanca", aí não dá!

Em poucos instantes todos os integrantes da mesa estavam discutindo essa polêmica questão ética e filosófica. Todos tinham opiniões:

– Pra mim, ao lado da mulher não pode olhar, tem que segurar a onda.

– Pra mim não pode olhar nunca!

– Uma olhadinha só não tira pedaço. Se o cara não der em cima, não tem nenhum problema.

– Comentário, só se for pra elogiar a sua namorada, tipo: "sua bunda é bem melhor, benzinho".

– Olhada pode, comentário nem pensar!

Foi então que entrou no bar uma moça espetacular, bem

rebolativa. Todos na mesa olharam. E logo todos escutaram o estalar de um tabefe que vinha da mesa ao lado, onde um casal estava namorando. E o meu amigo comentou:
— Tá vendo, cara, não adianta... elas não entendem...

Reencontro virtual ou real?

Eu não via o meu amigo havia anos. Acabamos nos esbarrando no Facebook. Mensagem pra lá, mensagem pra cá, e decidimos sair do mundo virtual e nos encontrar no mundo físico. Marcamos um almoço pra recordar os bons tempos.

Quando cheguei ao encontro, o meu amigo já estava sentado numa mesa. Aproximei-me abrindo os braços para abraçá-lo, mas ele me mostrou a palma da mão, me pedindo para esperar um pouco, enquanto acabava de escrever algo no seu smartphone. Fiquei com os braços abertos, esperando o que achava que seria rápido, mas o cara, com um sorriso nos lábios, não parava de digitar, e eu acabei cansando e fechando os braços. Logo cansei também de ficar em pé e sentei-me no meu lugar. Alguns minutos depois, ele acabou o que estava fazendo e finalmente levantou-se e abriu os braços.

– Grande amigo! Há quanto tempo! Dá cá um abraço!

Eu não me levantei e não o abracei. Falei:

– Oi, beleza? Tudo bem?

– Tudo bem! Não vai me dar um abraço?

– Eu tentei te abraçar, mas você estava digitando no celular...

– Eu estava justamente tuitando uma mensagem sobre o nosso reencontro depois de 20 anos. Não percebeu meu sorriso?

– E me deixou esperando quase 20 anos, em pé, de braços abertos.

– Que exagero!

– Exagero? Eu chego cheio de animação pra falar contigo e encontro uma mão pedindo para esperar.

— Eu fiquei tão feliz com a sua chegada que resolvi tuitar sobre a alegria que sentia com o nosso reencontro. Falei também no Face e num grupo do WhatsApp sobre nosso encontro. Aí, algumas pessoas responderam e eu não quis deixá-las esperando por uma resposta e resolvi explicar como você era um cara legal, gente boa e como eu estava com saudade e...
— E eles não podiam esperar?
— E você não podia esperar?
— Eu esperei, mas certamente seus amigos virtuais eram mais importantes que seu amigo físico.
— Você também é meu amigo virtual. Quando a gente combinou este encontro no Facebook, eu também estava almoçando com um amigo.
— E deixou o amigo esperando?
— Para não deixar você esperando.
— Tá bom, tá bom.

Levantei-me para abraçá-lo, mas não consegui ser muito efusivo. Dei um abraço rápido e dois tapinhas nas costas, nos sentamos e eu fiz o que me cabia num encontro como esse. Perguntei:
— E aí, o que tem feito nesses anos todos?

Ele esboçou começar a responder, mas o seu celular fez um som qualquer, ele olhou e me pediu pra esperar de novo:
— Desculpe, chegou uma mensagem de um amigão.

Ele leu a mensagem e saiu digitando a resposta. Considerei respondida a minha pergunta, eu já sabia o que ele havia feito todos aqueles anos: tinha tuitado, facebucado, passado mensagens e respondido a e-mails.
— Tô aqui dizendo pra esse meu amigo que tô te encontrando, ele quer muito te conhecer.
— Virtual ou fisicamente?
— Qual é a diferença?

– A diferença? Se não tem diferença, pra que você marcou esse nosso encontro?

– Pra ficar frente a frente contigo, falar sobre...

Ele não conseguiu acabar a explicação. Seu celular tocou e ele atendeu. Escutei por uns cinco minutos a sua conversa. Em certo instante eu o interrompi:

– Desculpe, cara, eu não vou poder ficar mais. Meu tempo de almoço é curto. Tô saindo...

O amigo tirou o telefone do ouvido e falou:

– Já vai?

– É, eu tenho que ir...

– Beleza! Bom demais o nosso encontro. A gente se fala no Facebook.

Na saída ainda consegui ouvir o meu amigo virtual falando pro seu interlocutor no celular:

– Esse cara é muito gente boa. Você devia segui-lo no Twitter.

Encontro carioca

– E aí, cara?
– Tudo bem?
– Beleza! E você?
– Tudo joia.
– Pô, há quanto tempo a gente não se vê, hein?
– É… eu quase não te reconheci.
– Eu percebi… e o pessoal?
– Tudo em cima. E o teu?
– Tá legal também. E aí, continua lá?
– Lá? Não, saí.
– Eu também.
– E a galera, tem visto?
– Não, nunca mais vi.
– Eu às vezes vejo uns da rapeize.
– Legal. Manda um abraço.
– Vou mandar. A gente podia combinar de se encontrar…
– É uma boa!
– A gente podia marcar com a galera…
– Legal!
– Já pensou? A gente se reencontrando lá naquele lugar em que a gente ia sempre?
– O lugar de sempre? Pô, ia ser demais!
– Então vou marcar. Tá combinado.
– Combinadíssimo. Tu marca e me avisa, hein?
– Pode deixar. Te mando uma mensagem no Face.
– Beleza. Então, até lá.
– Até lá. Muito bom te rever, cara!
– Também gostei.

O cara foi embora. Eu sei que conheço, mas não tenho a menor ideia de onde. Não sei onde é lá, nem de que galera ele tá falando, e muito menos onde é o lugar de sempre que a gente se encontrava.

Aposto que o cara também não tem ideia.

Trocãodilhos

Atualmente, as ruas do Rio de Janeiro, e imagino que de outras cidades também, têm sempre os mesmos tipos de lojas. Em qualquer quarteirão, se vê um banco ao lado de uma farmácia, ao lado de outro banco, seguido por outra farmácia e por uma loja de alguma empresa telefônica. As poucas mercearias, papelarias e videolocadoras que ainda existem estão prestes a ser substituídas por um banco, uma farmácia ou uma loja de alguma empresa telefônica.

Mas existe outro tipo de estabelecimento comercial que se mantém a todo o vapor: são os pet shops. Eles continuam firmes e fortes. Pelo jeito, as pessoas se afeiçoam cada vez mais a seus animaizinhos de estimação, em substituição aos seres humanos, a quem se tem cada vez menos estimação. E todos os pet shops têm uma característica em comum: a criatividade. Não me refiro aqui ao jeito de apresentar os produtos, ao atendimento ou aos serviços oferecidos, mas à escolha do nome da loja. Não sei por que, mas todo pet shop tem um nome engraçadinho, com um trocadilho. Parece uma obrigação. O cara vai lá registrar a loja e o sujeito do cartório pergunta:

– Qual é o trocadilho do nome?

– Não tem, é Pet Shop Almeida...

– Não pode. Tem que ter trocadilho. Que tal Pet Shop Au-au-meida?

– Não, prefiro Pet Shop Miau-meida.

Se o Bradesco fosse um pet shop, certamente se chamaria Bradescão.

Depois que reparei nesse detalhe, comecei a pesquisar nomes de pet shops. Veja alguns que descobri. Olha só:

Cãopacabana – Que, obviamente, fica em Copacabana.
Leblon pra Cachorro – Adivinhe onde.
Amicão e Amigatos – E as amitartarugas e os amipassarinhos?
Pet Moleque – Vende pé de moleque também?
Banho de Gato – Erótica?
Pata Amiga – É sempre bom ter uma pata amiga.
Petshop.cao.br – Se fosse australiana, seria ainda melhor petshop.cao.au
Entre Patas e Pelos – Tapas e beijos?
Aukilate – Vende coleiras com quantos quilates?
Cãocun – Para cães mexicanos?
Pet Shop Cãomarada – Será que o dono é comunista? Ou seria cãomunista?
Simpaticão – O dono ou o animal?
Cão Q Mia – O que é isso, uma aberração?
Auquemia – Essa é uma verdadeira alquimia criativa.

E os *hors-concour*:
Au-cão-kur
Pode conferir, eu tenho certeza de que perto da sua casa também tem um pet shop com um trocadilho maneiro. Não tem?

Homens comprando

Dia desses fui fazer umas compras com a minha mulher. Sempre que isso acontece, fico muito impressionado com a desenvoltura dela na loja. Ela pegava uma roupa numa pilha, largava, logo em seguida pegava outra, deixava de lado, experimentava uma terceira em frente ao espelho, desistia e partia para vestir mais uma. Depois de desaprovar todas as blusas, camisas e panos que havia provado, ela as jogava de volta nas pilhas sem a menor cerimônia. E logo partia para a próxima pilha de roupas, onde repetia o processo. No final, por não gostar de nenhuma roupa daquela loja, ela partiu para a próxima sem a menor preocupação. É assim que funciona o processo de compras das mulheres. Acho que é algo que está no DNA.

Homem não age assim. Homem fica grilado de tirar as roupas das pilhas porque acha que se ele desarrumar vai aparecer alguém e obrigá-lo a arrumar tudo de novo. E ele vai ter que dobrar as roupas, e homem não sabe dobrar roupa. Eu sou um daqueles que morrem de medo de bagunçar as lojas. Acho que é trauma por ter tomado muita bronca da minha mãe quando deixava meu quarto zoneado. Eu me cago de medo de tomar esporro da vendedora:

– Olha só o que você tá fazendo! Desarrumando tudo! A gente gasta um tempão dobrando as camisas, coloca em pilhas bonitinhas pra quê? Pra um marmanjo vir aqui e bagunçar tudo! Pois trate de dobrar tudo direitinho e deixar do jeito que encontrou!

Por isso homem gasta tão pouco tempo em loja de roupa. Ele escolhe logo o que quer e trata de sair correndo, antes que alguém o obrigue a dobrar todas as roupas da loja!

Camisa rosa

Homem não liga para a roupa que outro homem está vestindo. Quase nunca. Mas existe uma ocasião em que o homem repara na roupa de outro homem: é quando o amigo está usando camisa rosa. Nessas poucas ocasiões em que o sujeito presta atenção na roupa do outro, a crítica *fashion* mais elaborada que ele consegue fazer sobre a camisa rosa do amigo é:

– Uhhhhhh! Camisa rosinha, hein!

Existe apenas mais um comentário sobre moda que homens têm capacidade de fazer:

– Nossa! Olha só a beca! Vai fazer exame de fezes?

Mas nesse comentário o homem não reparou nas vestes do amigo, ele apenas percebeu que o cara está vestindo uma roupa nova ou limpa.

Mas, fora essas duas linhas de conversa, o assunto roupa logo sai da pauta e é substituído por qualquer outro, desde que esteja dentro dos temas masculinos mais amplos, como futebol, mulher ou cachaça.

E o cara que está usando a camisa rosa tão comentada pelos amigos, o que está pensando? Provavelmente o seguinte:

– Olha só como eu sou macho: eu coloco uma camisa rosa e me comporto como se isso fosse natural. Eu sou foda mesmo! Sou um cara sensível pra caralho, não sou como esses animais aí!

É importante ressaltar que, quando nos referimos à cor rosa, não estamos falando apenas de rosa-choque. Para muitos homens, o rosa se estende por uma vasta gama cromática que abarca o rosa propriamente dito e todas as suas variações próximas, como o roxo, o salmão, o lilás; alguns mais radicais incluem até o laranja e o verde-limão, que não têm nada a ver com rosa, mas, fala sério, verde-limão, meu irmão?

Um dos maiores dilemas metafísicos que um homem sofre é quando ganha de presente da namorada uma camisa rosa. Várias questões passam pela cabeça do macho:

– Será que ela tá desconfiando de mim?

– Será que ela quer que eu prove alguma coisa pra ela?

– Será que ela vai me obrigar a usar essa camisa sempre que estiver com ela?

– Será que ela vai desconfiar se eu manchar essa camisa com vinho?

– Será que se eu usar essa coisa só pra dormir ela fica na boa?

A verdade é que, toda vez que um heterossexual usa uma camisa rosa, ele sabe que tem alguém olhando ou comentando alguma coisa sobre ele. Agora, não tem nada que irrite mais um homem do que aquele cara bonitão, todo sarado, que pega todas as mulheres, e que ainda por cima aparece na festa abraçado com duas gostosas vestindo uma camisa rosa e, como se não bastasse, uma calça rosa. Aí é sacanagem! Só pode ser provocação!

Pontas duplas

Wantuir viu o comercial de xampu. Segundo o texto da propaganda, o xampu é ótimo, principalmente porque regenera as horríveis pontas duplas. Wantuir ficou intrigado: o que seriam essas terríveis pontas duplas? Examinou detidamente o seu cabelo. "Será que meu cabelo tem pontas duplas?" Passou a manhã inteira no trabalho indo de meia em meia hora ao banheiro para olhar no espelho tentando descobrir se tinha as tais pontas duplas.

Na hora do almoço, Wantuir foi comer um podrão na esquina acompanhado por um colega de trabalho, a quem perguntou:

– Aderson, me tira uma dúvida.

– Se for de trabalho, não dá que eu estou em hora de almoço.

– Não, não é trabalho, não. Tu sabe o que são pontas duplas?

– Ponta dupla? É quando o time tem dois pontas-direitas?

– Não, não é ponta dupla de futebol.

– Ponta dupla do que você tá falando? Ah, já sei! Outro dia eu vi na internet um site de umas paradas bizarras, lá tinha um sujeito com ponta dupla. Horrível, meu irmão!

– Não, estou falando de ponta dupla de cabelo.

– Ponta dupla de cabelo? Existe isso?

– Você não sabe se já sofreu de ponta dupla de cabelo?

– Wantuir, olha direito pra mim. Eu sou careca!

Wantuir admitiu o erro. Precisava perguntar para uma mulher. À tarde, durante o cafezinho, tomou coragem e puxou assunto com a Margareth, da Contabilidade:

– Margareth, tudo bem? Eu estava querendo falar contigo.

– Claro.

– Chega aqui no canto, que eu não quero que ninguém escute a nossa conversa.

– Claro – Margareth o seguiu até um cantinho.

– Posso te fazer uma pergunta?

– Claro – Margareth abriu um sorriso.

– Olhe bem pra mim – Wantuir se aproximou de Margareth.

– Claro! – Margareth também chegou mais perto de Wantuir e abriu um sorriso.

– Eu tenho pontas duplas?

Margareth fechou o sorriso, olhou para Wantuir com estranheza e respondeu rispidamente:

– Não! Nem culotes, nem celulite! E o seu rímel não tá borrado, santa!

Margareth saiu desabalada de volta para o trabalho.

Até hoje Wantuir não sabe direito o que são pontas duplas, mas, por precaução, ele só usa xampus que prometem regenerar as pontas duplas. Sabe-se lá o que esse negócio pode causar!

Eu e o novo Xbox

Há algum tempo eu acompanhei a histeria da galera com o lançamento de mais uma versão do Xbox. Percebi então que não sei nada sobre esse assunto. Tudo bem, sei que o Xbox é um console de videogame, acho que é do Bill Gates, mas paro por aí, não sei mais nada. Vou confessar uma coisa da qual até me envergonho: eu não gosto de videogame. Devo ser alguma espécie de dinossauro, ou vivo em alguma era paleozoica, mas os únicos joguinhos que realmente me entretêm são aquela paciência do celular e o viciante Candy Crush. Alguns amigos meus, quando souberam dessa minha estranha característica, ficaram pasmos:

– Você não gosta nem de FIFA soccer?
– Não.
– Winning eleven?
– O que é isso?
– Eu não acredito! Quer dizer que você não gosta nem de videogames de futebol?
– Nunca joguei. Nem sei como se joga.
– Cara, é como se o jogo de futebol fosse controlado por você. O papel dos jogadores e do técnico é feito por você.
– Mas se eu não posso xingar o técnico nem os jogadores, qual é a graça?
– Deixe de ser babaca. Peraí, deixe-me fazer um teste. Diga uma coisa: tu gosta de *Downton Abbey*?
– Me amarro.
– Então tá tudo explicado: você é gay e não sabe.
– Será?

Eu nunca gostei muito desses joguinhos, deve ser algum problema neurológico que tenho. Quando era jovem, não havia essa indústria trilionária, uma concorrência danada pra ver quem ganha mais grana fazendo adolescentes perderem tempo (tá bom, tem um monte de gente e até alguns cientistas que dizem que games não são perda de tempo, mas eu não vou perder o meu entrando nessa discussão).

Eu até joguei Tetris, Pacman e outros desses joguinhos quando era adolescente, mas logo cansei. Acho que eu só tenho paciência para jogar paciência. Para jogos de sair matando bandido, monstro ou sei lá o que mais eu não tenho o menor saco. Jogos de perseguição de carros, então, eu fico tão deslocado que corro o risco de ser atropelado por um dos carros. Aquele Wii, eu acho meio constrangedor. Segurar uma raquete de tênis de mentira e fingir que está jogando tênis? Segurar uma guitarra falsa e passar por roqueiro frustrado, deixando os filhos constrangidos? É melhor assumir logo seu lado ridículo e ficar fazendo *air guitar* na frente do espelho.

Mas nos tempos atuais a garotada ama videogames, e muitos jovens até sonham em trabalhar desenvolvendo joguinhos. É bastante normal uma mãe do século XXI reclamar com o filho:

– Menino, para de jogar videogame. Assim você não vai conseguir estudar para virar um projetista de videogames e ficar multimilionário com 20 e poucos anos, para poder parar de trabalhar e jogar videogame pelo resto da vida!

Pois é, os games fazem o maior sucesso, e eu não acompanho. Falha minha. Só sei que, a cada nova versão do Xbox, o Bill Gates ganha mais uma cacetada de dólares. Mas o que me consola é que, mesmo sendo o *nerd* mais rico do mundo, nem tudo são flores na vida do Bill Gates: ele, por exemplo, só pode usar o Internet Explorer!

Tem um bilhãozinho pra me dar aí?

A gente sonhando em ganhar 1 milhão e os ricaços do mundo agora só falam em bilhão. Nos tempos atuais, ser só milionário é uma merda, coisa de pobre, o lance é ser bilionário.

Na área *tech*, o mundo das altas tecnologias, por exemplo, é tudo bilhão. Há alguns meses o Yahoo anunciou a compra do Tumblr por 1 bilhão. Tudo bem, uma empresa cheia de vogais comprou outra cheia de consoantes, mas será que isso vale 1 bilhão?

Depois foi o Zuckerberg, que saiu para fazer umas comprinhas e arrematou o WhatsApp por 16 bilhõezinhos!

Qualquer negocinho furreca na internet hoje em dia, qualquer compra de uma empresa por outra custa de bilhão pra cima. É um tal de Google compra site de troca de figurinhas por 2,3 bilhões, Facebook compra serviço de compartilhamento de peidos por 3,6 bilhões, Microsoft compra rede social só para idiotas por 3,7 bilhões, Sony compra APP que tira melecas virtuais bolado por dois pivetes de 16 anos por 3,2 bilhões de dólares!

E o mais incrível é que os números que vêm depois da vírgula representam milhões de dólares, mas são apenas números depois da vírgula. Milhões de dólares hoje em dia são merreca.

– Quanto custa esse site? 2,9 bilhões? Ah, toma 3 bilhões e fica com o troco!

Pagar bilhões de dólares virou tão corriqueiro que contam por aí que alguns dias atrás o dono do Google, o Larry Page, foi tomar um cafezinho. Perguntou o preço e o atendente fez um sinal de cinco com a mão. O megabiliardário não titubeou, tirou 5 bilhões da carteira e pagou na hora. Costume é fogo.

Pais casados

Os pais resolveram buscar o filho na escola. O menino estava demorando e os dois estranharam. Perguntaram a um inspetor pelo filho. O menino esteve na escola, sim, mas já devia ter saído. Passados uns quinze minutos além do horário normal, a mãe recebeu um telefonema. Era o filho.

– Vocês vieram juntos?
– É, filho, o seu pai teve uma folga no trabalho e resolveu vir comigo te buscar.
– Tá maluca, mãe? Assim todo mundo vai ficar sabendo.
– Sabendo o quê?
– Que vocês são casados.
– Ué, e qual é o problema?
– Qual é o problema, mãe? Fala sério! Ninguém aqui tem pai casado com a mãe!
– Claro que tem, filho – ela pensou um pouco – tem os pais do Diogo! Eles são casados, não são?
– Não são! Aquele cara não é pai dele.
– Ah, não...
– Não, claro que não, mãe! Eu sou o único da sala que tem pais casados. Acho que da escola toda.
– Que bom, né, filho...
– Bom nada! E agora, pra piorar, vocês vêm me buscar juntos! E ainda ficam de mãos dadas na porta da escola!

A mãe tomou um susto e até largou a mão do pai, que não entendeu nada.

– Filho, qual é o problema de ser casada com seu pai?
– Ninguém é casada com o pai do filho, mãe. A média aqui é três padrastos e duas madrastas.
– Mas eu e seu pai nos amamos...

– Eu sei. Mas precisa ficar demonstrando isso na porta da escola?
– Filho, eu não acredito, você está sofrendo *bullying*?
– É, mãe...
– *Bullying* por ter os pais casados?
– É isso, mãe...
– Que absurdo! Nós vamos reclamar com a diretora e...
– Não! Por favor, mãe, não! – o menino gritou.
– Meu filho, o que você quer que a gente faça, então? Eu não vou me separar do seu pai.
– Não, claro que não! Mas, sei lá, finge que pelo menos vocês não se dão bem...

Os pais continuam casados. Mas todas as vezes que algum amigo do filho se aproxima, o casal simula uma briga. Na reunião de pais vão os dois, mas sentam em lados opostos da sala. E discutem entre si todas as questões. E, claro, nunca mais foram juntos buscar o menino. Nem ficaram de mãos dadas na frente da escola.

Meu filho, meu tesouro

Chega a ser engraçado quando vemos pais nervosos, preocupados com seus filhos, querendo saber o que eles vão ser quando crescerem. Todo mundo já sabe o que essa galera vai ser na vida, só os pais ainda duvidam. Já está escrito que:
– Os filhos dos comerciantes vão herdar dos pais a loja, a freguesia, os fornecedores, a filha do gerente e a dívida com o INSS.
– Os filhos dos traficantes vão herdar dos pais o ponto, a freguesia, os fornecedores, a filha do gerente da boca e a dívida com o delegado.
– Os filhos dos cineastas farão curtas-metragens, vão falar mal de todo mundo, culpar o governo e depois vão morar em Londres.
– Os filhos dos cantores de rock terão nomes estranhos e por isso vão acabar abalados psicologicamente.
– Os filhos dos intelectuais de esquerda serão cantores de rock e darão nomes estranhos aos filhos.
– Os filhos dos craques de futebol serão pontas-direitas do Olaria, que prometem.
– Os filhos dos ex-BBBs vão tentar ser BBBs, mas vão ser da classe C e podem acabar no AA.
– As filhas dos locadores do seu apartamento casarão quando o aluguel estiver baratinho e tomarão o seu apartamento.
– Os filhos dos crentes serão crentes e também os netos e os bisnetos.
– Os filhos dos vegetarianos só descobrirão as maravilhas do mundo do *cheeseburger* aos 15 anos, e a partir de então nunca mais sairão do McDonald's.

– Os filhos dos ecologistas vão se engraçar com uma indiazinha muito bonitinha do Alto Xingu e vão acabar ficando por lá mesmo, devastando aquela flora.

– Seus filhos serão estranhamente parecidos com o vizinho do 402.

– E os filhos da puta continuarão sendo juízes de futebol.

Aham

Não havia celular quando eu era jovem. Eu viajava e passava dias sem dar notícias para os meus pais. Depois de quase uma semana de viagem, se eu achasse um orelhão que funcionasse, se tivesse a sorte de ter fichas telefônicas e se me lembrasse da existência dos meus pais, aí eu ligava para casa para dar notícias. E a ligação era bem curta, praticamente só dava tempo de meus pais reclamarem da falta de notícias e a ligação caía.

Hoje tudo mudou. Agora existe celular. Se antigamente o pai não tinha como se comunicar com o filho, agora tem. Mas como o pai é moderno e não quer ficar ligando para a filha, pagando mico de pai controlador, o que ele faz é passar uma mensagem por WhatsApp. Funciona assim:

A filha viaja para passar o fim de semana fora. O pai manda uma mensagem no WhatsApp:

"Oi, filha, tudo bem?".

O que o pai espera que a filha responda?

Onde ela está. O que está fazendo. Com quem ela está. Se ela já fez algum passeio. Se ela dormiu bem. Se sentiu frio. Se sentiu calor. Se está comendo bem. O que ela está comendo. Se ela está com o namorado. Se o namorado é um cara legal. Se a galera anda bebendo. Se ela está gastando muito dinheiro. Se precisa de dinheiro. Se perdeu o dinheiro. Tudo isso e mais qualquer outra coisa que a filha queira contar a ele. Ele também gostaria que ela encerrasse a mensagem com um "Eu te amo muito, pai. Tô morrendo de saudade" ou algo parecido.

E qual é a resposta da filha?

Depois de quatro horas, ela manda a seguinte mensagem:

"Aham".

Essa é a resposta. No caso, essa é a resposta de uma filha muito ligada ao pai, afinal ela usou quatro letras para responder. Outras poderiam responder com apenas um "s", que significa sim, ou, pior, um "n", que significa não – mas sem explicar por que não está tudo bem. Outras ainda podem responder com um daqueles desenhinhos, os *emojis*, que o pai pode interpretar como quiser.

Resumindo, se o orelhão de hoje em dia é o WhatsApp, os filhos continuam sem fichas para ligar.

Coisando e causando

Hoje em dia se coisa muito. É muito natural ouvir um adolescente falar:

– Aí a coisa coisou e saiu uma coisa da coisa que deu uma coisa estranha em todo mundo que estava naquela coisa.

O verbo *coisar* foi inaugurado há algum tempo e causou. Aliás, causar também mudou. Antigamente se causava alguma coisa. Agora se causa e ponto. Fulano foi à festa e causou. Beltrana compareceu ao desfile e causou. Causou o quê? Causou vergonha? Causou inveja? Pena? Raiva? Nojo? Não, ela só causou. Uma pessoa causa quando chega à festa e acaba coisando, entende? Coisar e causar são palavras *tipo* modernas. Tipo é outra palavra desse tipo, que tipo causa, que é muito coisada pela galerinha. Que galerinha? O pessoal que *tipo* coisa as coisas e acaba causando, *tipo* os adolescentes.

Coisa pode ser qualquer coisa. É uma palavra-ônibus, que é como são chamadas as palavras que têm muitos significados, que exprimem diversas ideias. Ônibus não é uma palavra-ônibus, mas pode ser uma coisa. Ônibus pode também causar um acidente, e esse acidente pode causar.

Essa coisa de palavra-ônibus é *tipo* uma parada estranha. Aliás, parada também é palavra-ônibus, apesar de os ônibus costumeiramente andarem e só de vez em quando param na parada.

Palavras *tipo* tipo podem ser usadas em várias situações, basta que tipo encaixem. Não é uma palavra tipo ônibus, é mais tipo um vício de linguagem. Tipo talvez seja no máximo uma palavra-van.

Além de *coisar* coisas que tipo causam, a galerinha tem

ainda outras novidades. Outro dia eu perguntei a minha filha se ela ia sair ou se ia a algum lugar. A resposta dela foi:
– Se pá.

Eu fiquei olhando para ela esperando a resposta, e depois de algum tempo entendi que a resposta já havia acontecido. Ela, então, me explicou:
– Pai, se pá é *tipo* se bobear, se for possível, talvez, depende... Entendeu?

Eu fiquei pensando um pouco e acabei respondendo:
– Se pá.
– Como?
– É, se pá. Talvez eu tenha entendido.

E a minha resposta, pelo jeito, causou.

www. reclamao.com

– O Twitter aliena as pessoas! – o cara foi enfático.
– Você acha mesmo? – perguntei.
– Ah, é, as pessoas hoje em dia ficam só tuitando, tuitando... Antigamente as pessoas saíam, iam a bares conversar, trocar ideias.
– E você acha que as pessoas não vão mais conversar nos bares?
– Não sei, eu não sou muito de conversar. Quando eu vou a bar, eu não vou bater papinho, eu vou encher a cara!
– Então está reclamando de quê?
– Ah, dessa história de Twitter. Imagine se alguém consegue se comunicar só com 140 caracteres.
– Peraí, são 140 caracteres de cada vez, mas você pode tuitar uma porção de vezes.
– Pois é, as pessoas ficam tuitando o dia inteiro, ninguém mais lê um livro.
– Você não tuíta, então lê mais livros, certo?
– Não, eu não gosto de ler livros, só os que eu era obrigado a ler na escola, mas as pessoas que gostam estão lendo menos por causa desses Facebooks e Twitters. E agora é tudo Google. Não sabe, vai ao Google. Ninguém sabe mais de cor os afluentes da margem esquerda do rio Amazonas.
– E você sabe?
– Claro que não. Mas eu tinha um amigo que sabia. E sabia também PI com 20 casas decimais. Hoje ninguém mais sabe isso. Agora os jovens ficam só vendo TV e tuitando ao mesmo tempo, não conseguem prestar atenção em nada.
– Mas não era você que dizia que a TV só tem porcaria? Pra que prestar atenção em porcaria?

– TV tem futebol, que é maneiro. Aliás, os jovens de hoje não praticam mais esportes.
– Você pratica esporte?
– Eu não tenho tempo, mas as pessoas têm que ver que esporte faz bem à saúde e videogame, não.
– Então você acha que videogame é ruim? Mas você não passou a adolescência toda jogando fliperama?
– Passei, mas fliperama era lúdico, videogame, não. Outro dia mesmo eu fui tentar jogar videogame com meu sobrinho. Não gostei, achei complicado.
– Aposto que você perdeu de lavada, por isso não gostou.
– Mas chamei o moleque pra jogar botão.
– Você deve ter dado uma goleada no menino.
– Olhe, não conte pra ninguém, mas ele ganhou de 1 x 0. Tô meio fora de forma. Vou confessar pra você: com essa merda de Twitter, fico tuitando o dia inteiro e não treino mais meu botão. Por isso que eu digo, esse tal de Twitter emburrece, cara!

Fakes falsos e falsos fakes

A primeira pergunta que me fizeram quando entrei no Twitter foi:
– É você mesmo ou é fake?
Eu respondi:
– Sei lá! Eu é que vou saber?
O cara que está lá tuitando sou eu, mas às vezes escrevo umas merdas tão grandes que acho que não sou eu, é um lado fake meu.

Tem um monte de perfis falsos na internet, e algumas celebridades estão ficando nervosas. Outro dia um famoso estava preocupadíssimo porque surgiu um babaca no Twitter se passando por ele. O cara estava com medo que o impostor saísse xingando pessoas ou fazendo sei lá que merda em seu nome. Mas acho que o maior medo que ele tinha era que o mané saísse por aí espalhando que ele tinha virado vascaíno.

Já outra celebridade que eu conheço bem tem um perfil no Facebook. Eu sei que é ele que posta as paradas lá, eu até já o vi fazendo isso, mas o perfil dele deveria estar no Fakebook. Eu leio o que o cara escreve e não acredito. Ele posta várias poesias, textos sensíveis, frases bonitinhas, citações inteligentes, tudo que ele nunca diz, nem passa pela sua cabeça na vida real, sempre ocupada com futebol e sacanagem. Mas na internet o cara é cabeça, é supersensível. Aí eu percebi que várias mulheres começaram a fazer comentários sobre seus *posts*.

"Ai, você diz coisas maneiras!"
"Que linda essa poesia!"
Foi nessa hora, quando meu amigo começou a fazer o maior sucesso com a mulherada, que eu saquei a sua jogada. Não tinha nada de fake, era ele mesmo jogando um lero pra atrair as mulheres. O perfil não era fake, era o sacana mesmo, em estado puro!

Assina aqui pra lançar o meu partido...

– Amigo, há quanto tempo!
– Pô, é mesmo. Tudo bem?
– Tudo! Foi bom mesmo a gente se encontrar. Assim você pode fazer um favor pra mim.
– Claro, com todo o prazer.
– Dá uma assinadinha aqui.
– Assinar, claro! Amigo é pra isso. Mas pra que é essa assinatura?
– É para o partido que eu estou lançando.
– Você está lançando partido? Mas pra assinar eu preciso saber que partido é esse.
– É meu. Tu não confia no seu amigo?
– É... mas qual é a ideologia do partido, por exemplo? Vocês são socialistas?
– É... é uma espécie de socialismo para os amigos.
– Para os amigos? Deixe-me entender melhor... o partido tem alguma espécie de plataforma?
– Nós somos pelo Continuísmo Relativo.
– Não conheço.
– O Continuísmo Relativo é o seguinte: somos a favor de continuar como está se a gente estiver se dando bem, senão a gente é contra.
– Ah, entendi... e vocês vão se aliar à base do governo?
– Nós vamos estar sempre com o governo, a não ser nos momentos em que eles nos negarem os carguinhos que a gente pleitear. Aí a gente faz uma mímica de ir pra oposição, entendeu?
– Entendi perfeitamente... e o que vocês pensam em matéria de saúde, educação, transporte...

– Pra saúde a gente quer um plano médico de primeira linha pra todos os deputados do partido. Educação em escola particular para os filhos, tudo pago pelo Congresso, e transporte nos jatinhos da FAB, é claro.

– Isso é para os deputados do partido, mas e o povo?

– Ah, é para o povo todo de casa mesmo. Mulher, filhos, sobrinhos, a parentada toda.

– Não, eu digo o outro povo, o que não é da sua família.

– Aí não dá, né? Aí é muita gente. É dinheiro público, não dá pra gastar assim sem responsabilidade…

– Meu irmão, eu não vou assinar esse troço, não!

– Como não? Você falou que é meu amigo, que ia assinar e agora dá pra trás?

– Eu não conhecia o seu partido, agora conheço. Tchau!

– Espera aí! Volta aqui! Você disse que ia assinar! Não tem palavra, não? Cadê a ética, pô?

Verba indenizatória

– O senhor me chamou, senador?
– Chamei. Temos que trabalhar.
– Hoje? Mas hoje é domingo, senador. E o senhor está aqui nesse hotelzão se divertindo...
– Não estou aqui por diversão, estou a trabalho. O cargo de senador exige dedicação integral. Estou aqui neste hotel cinco estrelas, mas é por conta de afazeres ligados ao exercício do cargo de senador. Essa reunião de emergência, por exemplo.
– Que reunião de emergência?
– Essa que estou tendo com o senhor.
– Aqui na sauna
– Qual é o problema? O senhor não gosta de sauna?
– Gosto, claro. E qual é a pauta desta nossa reunião?
– A pauta? Bom, pra começar, me diga: qual é a agenda da semana?
– De terça à tarde até quinta o senhor estará em Brasília.
– E no resto do tempo?
– Nada agendado.
– Obrigado. Acho que podemos encerrar a reunião.
– Era só isso?
– É, só isso. Quer dizer, hoje eu já tive um encontro com as bases...
– Mas a sua base não é aqui. É lá no seu estado...
– Sim, mas alguns eleitores meus estão aqui.
– É? Eu achei que o senhor tinha passado a manhã na piscina com a sua mulher, seu irmão, seus primos...
– Então, eles votaram em mim. São da minha base eleitoral.

– Claro. Mas, senador, então eu posso ir? Já encerramos o expediente de hoje?

– Já. Quer dizer, tenho mais uma tarefa pro senhor: na saída o senhor pague a conta do hotel com a verba indenizatória do Senado, por favor. Sabe como é, despesa relacionada com o exercício do cargo.

– Claro!

Tudo acaba em pizza

Um dia desses, em Brasília, numa sessão qualquer da Câmara, um deputado pediu a palavra e fez um discurso para seus colegas:

– Será que no Brasil tudo tem realmente que acabar em pizza? Eu, como deputado, considero fundamental que se discuta essa questão. Até quando os desmandos, as jogadas e as maracutaias neste país continuarão terminando em pizza? É preciso dar um basta a essa situação! Afinal, por que pizza? Pizza não é um prato típico do Brasil. Pizza é um prato italiano. Já a feijoada é um prato que está na mesa dos brasileiros. Então façamos algo que tem mais a ver com o nosso país. Proponho que se inaugure um novo tempo: que a partir de agora tudo acabe em feijoada!

– Nobre colega, concordo com Vossa Excelência no que se refere a pizza não ser um prato tipicamente brasileiro, mas por que feijoada? Brasileiro gosta mesmo é de fazer churrasco. Por que não acabar tudo em churrasco? Dá para imaginar o estímulo que isso daria a nossa economia com o aumento do consumo de carne e a geração de empregos no setor agropecuário? E o incentivo que isso daria à formação de novos churrasqueiros? Além de ser um verdadeiro *boom* na indústria de churrasqueiras! Definitivamente, chega de pizza! Que tudo acabe em churrasco!

– O companheiro está propondo isso porque é do Rio Grande do Sul e está puxando a brasa para a sua sardinha, ou melhor, para o seu churrasco. Como sempre, os estados empobrecidos do Nordeste ficam de fora da festa. Eu proponho que se dê um estímulo ao sofrido Nordeste, e, a partir de hoje, que tudo acabe em buchada de bode!

– O que os nobres deputados estão dizendo ao povo brasileiro? Que se encham de gordura comendo pizzas, churrascos ou buchadas de bode? Que aumentem o colesterol e fiquem cada vez mais obesos? Não, de jeito nenhum! Precisamos passar uma mensagem ao povo. Que a partir de hoje tudo acabe em salada verde e comida sem glúten!

– Bobagem! Precisamos é acabar com o nosso complexo de vira-lata! Por que comer comidas popularescas? Precisamos passar uma mensagem de que estamos caminhando para o Primeiro Mundo, de que estamos inseridos no mercado global. É preciso que tudo acabe em alta gastronomia. Que tudo acabe em "*Fagiano al forno con tartufo nero*", que, aliás, é uma delícia e custa caríssimo!

– E não vamos nos esquecer do vinho francês! – acrescentou um correligionário.

A partir daí, o pau quebrou. Esquerda, direita, centro, todos tinham uma opinião diferente, e, depois de duas horas de acirrada discussão, a sessão acabou sem que se chegasse a nenhuma conclusão. Os deputados, então, foram comemorar o fim do expediente ao redor de uma bela pizza calabresa.

As agruras de um peladeiro

Muita gente não entende, mas para nós, peladeiros, o futebolzinho semanal é um momento quase sagrado de nossas vidas. Nós esperamos ansiosos por aquelas duas ou três horinhas em que vamos chutar uma bola e xingar os amigos numa quadra de futebol. Muito peladeiro é capaz de desmarcar reuniões importantes, adiar compromissos agendados há semanas, dar desculpas esfarrapadas para não ir ao jantar de família, e alguns até dispensam o cinema com a namorada, com todas as consequências que isso pode acarretar, só para não perder a pelada com os amigos.

Aliás, a pelada é tão importante para alguns homens que é o único lugar onde eles reparam na roupa de outro homem:

– Que camisa maneira!

– É a camisa retrô do segundo título brasileiro do Flu. Lembra? Aquele do gol do Romerito... E a sua?

– Uniforme da Inter de Milão quando ganhou o Mundial. Oficial! Custou uma fortuna.

E muitos homens casados acabam discutindo com suas mulheres por causa da pelada. Quando os peladeiros chegam da pelada em casa, felizes e imundos, suas mulheres entram em estado de alerta. E um pequeno detalhe pode desencadear uma feroz discussão. Esse detalhe é a quantidade de gemidos do homem. Porque homem que chega da pelada, principalmente a partir de certa idade, sente várias dores musculares e geme por dias seguidos. E se tem algo que mulher de peladeiro não tolera é gemido. Quando as mulheres escutam os gemidos do peladeiro, uma transformação acontece, e elas resolvem que aquele é o momento para discutir a relação. Mas nessa hora, naquele estado de burrice pós-pelada, o homem só consegue falar do golaço que fez, do drible maravilhoso que deu ou do passe de letra que quase conseguiu executar. Por isso, a discussão é inevitável.

Mas, se você é um peladeiro inveterado, haja o que houver, nunca faça o que um amigo meu fez. No auge da discussão, a mulher lhe perguntou:

– Afinal, a pelada é mais importante que a sua mulher?

Ele respondeu:

– Depende das condições do campo e da qualidade dos jogadores.

Fim do casamento.

Times de menor investimento

O mundo está cada vez mais chato. Agora o politicamente correto chegou ao futebol. Outro dia encontrei um camarada meu, e olha só o papo que rolou:
– E aí, tem clássico neste fim de semana? – perguntei.
– Não, os times grandes jogam contra times de menor investimento...
– Você quer dizer times pequenos...
– Não se fala mais assim, é pejorativo. Agora se diz que são times de menor investimento... os times que não têm dinheiro para investir, comprar jogadores...
– Então, se eles não têm dinheiro para investir, você está dizendo que eles são times pobres, é isso? Os times grandes jogam contra os times pobres.
– Não, não é nada disso, é que os times de menor investimento não conseguem montar times tão bons...
– Então, se você não está chamando esses times de pobres, está dizendo que eles têm dinheiro, mas não investem no time porque são zuras, mãos de vaca?
– Não! São só times de menor investimento... não têm torcida...
– Então eles não têm torcida porque não têm dinheiro pra investir em torcida? E os grandes compraram a torcida que têm? E eu torcendo para um time grande, de maior investimento, de graça?
– Tá maluco? Torcida não se compra!
– Então esses times são de menor investimento por quê?
– Porque sim! Porque pega mal chamar de pequeno...
– E o que você tem contra os pequenos? Você não sabe que os melhores perfumes vêm nos frascos de menor investimento?

O cara ficou furioso e me xingou de tudo que é jeito. Nem se deu ao trabalho de me mandar a um local cheio de excrementos ou de me aconselhar a levar uma penetração anal. Que cara politicamente incorreto!

Fim de relacionamento

Durante anos tive um *personal trainer*, ficamos amigos, mas, depois de quase dez anos malhando juntos, resolvi que ia dar uma parada. O problema é que eu não sabia como falar isso pro cara. Fiquei algumas semanas matutando, até que decidi que finalmente havia mesmo chegado a hora de acabar. Esperei o final de uma aula e chamei o meu *personal* para conversar:

– Cara, queria bater um papo contigo.
– Eu também estava querendo conversar.
– Pois é, não sei como falar, mas...
– Pode falar...
– É que... a gente tá junto há um tempo, mas... é que eu estou achando que não tá muito legal...
– Que bom que você falou, eu também não estava muito satisfeito...
– Pois é, é que a nossa relação já estava virando uma rotina e...
– É, eu acho que a gente tem que melhorar isso...
– Não sei se dá pra melhorar... depois de tanto tempo... dez anos?
– É, acho que sim.
– Pois é... é que... ah, vou falar: eu acho que a gente tem que dar um tempo.
– É? Bom... eu não estava mais conseguindo fazer o que eu achava que era legal fazer contigo...
– Então, você já sabia tudo que eu gosto e o que eu não gosto... não tinha mais surpresas e...
– Eu não estava conseguindo propor coisas novas pra você fazer... você sempre tão refratário...

– Refratário? Mas era só eu dizer que não queria que você desistia...

– Eu? Você que não queria nenhuma novidade, era só eu querer mudar alguma coisa que você...

– Mas você nem me propunha mais nada novo!

– Porque eu sabia que você não queria...

– Ah, tá vendo? É por isso que acho que a gente tem que dar um tempo. Acho que a nossa relação não tá dando mais prazer e...

Olhamos um pra cara do outro e nos demos conta de uma parada:

– Peraí! Que bichisse é essa de nossa relação?

– É! E que papo é esse de prazer? Nossa relação não dava mais prazer?

– É mesmo! Parece DR! Eu aqui cheio de dedos pra falar contigo!

– É, desembucha logo, porra! Que que tu quer?

– Eu quero acabar essa merda de tu ser meu *personal*, porra!

– É isso aí, vamos acabar mesmo com essa merda!

– Então valeu, seu bosta!

– Valeu, seu filho da puta!

Demos um soco um no outro e fomos embora, um pra cada lado.

Boa educação

Eu estava chegando à academia para dar aquela malhada de praxe quando passou por mim um sujeito que eu vejo sempre por lá. Eu falei "oi", mas ele seguiu direto sem me responder. Fiquei puto, fui até o cara e falei:

– Qualé, meu irmão, por que você não falou comigo?
– Desculpe, eu não te vi.
– Você me viu, sim, mas fingiu que não viu.
– Tá bom, eu te vi, sim. Mas eu só repeti o que você fez comigo. A gente estava na festa, eu vi você, te cumprimentei, mas você fingiu que não me viu.
– Eu não devo ter te reconhecido. Pô, mas você não estava na academia, eu só te vejo na academia! Não te reconheci sem estar com roupa de ginástica.
– Pois eu também não te reconheci aqui na academia.
– Mas você me vê sempre aqui!
– Nem sempre. Às vezes, nem reparo que você está aqui malhando... você se acha mesmo, hein!

Respirei fundo, me acalmei e propus:

– Então vamos combinar o seguinte: a gente não precisa se falar mais, tudo bem? Nem aqui, nem em lugar nenhum. Por que a gente precisa se falar, só porque frequenta a mesma academia?
– Por mim tudo bem – o cara aceitou o trato.

No dia seguinte, depois de malhar, já de banho tomado e roupa trocada, cruzei com o cara no vestiário e, como combinado, não o cumprimentei. Mas assim que passei por ele, ouvi:

– Oi, tudo bem?

Voltei.

– Você falou comigo?

– Falei – o cara disse.

– Mas a gente não combinou que não precisava se falar?

– É que eu andei pensando... se a gente combinou alguma coisa, é porque a gente se conhece, e se a gente se conhece, é razoável falar pelo menos "oi".

Pensei um pouco e propus novamente:

– Tá bom, vamos mudar a nossa combinação: a gente só se conhece na academia, tá legal? A gente só precisa se falar aqui dentro. Fora daqui a gente não precisa se falar, tudo bem?

– Mas e se a gente se encontrar fora da academia e estiver vestido com a roupa pra malhar?

– Bom, aí... – pensei um pouco – aí a gente se cumprimenta. Então tá combinado, a gente só se fala quando estiver com a roupa da academia, beleza? – estendi a mão para selar o nosso acordo com um aperto de mãos, mas o cara virou-se e foi embora sem me cumprimentar. Fiquei puto.

– Não vai apertar a minha mão, não?

– Eu não. Você não está vestido com roupa de malhação...

Discutimos e quase saímos no tapa.

Agora, como dois bons inimigos, nós sempre nos cumprimentamos quando nos encontramos, em qualquer lugar. Eu falo:

– Babaca!

E ele responde:

– Escroto!

Um acidente

Eu estava andando na rua quando aconteceu o acidente. Meu braço atingiu o braço do sujeito que vinha na direção contrária. E foi o meu braço esquerdo, justamente onde uso o relógio, que bateu no braço esquerdo do cara, que por coincidência também estava usando relógio. Foi relógio contra relógio. Ambos, assustados com o incidente, paramos.

– Porra, meu irmão, tu quebrou o meu relógio! – o cara já começou agressivo.

– Foi mal, nossos braços bateram, acontece...

– Acontece é o cacete! Meu Rolex arranhou... – ele insistiu.

– Pô, desculpe, mas o meu relógio também arranhou...

– É, mas o teu não é um Rolex! – o cara tentava ver se o arranhão havia sido a única avaria e colocou o relógio no ouvido. – Não tá funcionando.

– Foi mal, você deu azar... o meu arranhou, mas está funcionando.

– Você vai ter que pagar o meu prejuízo!

– Eu não vou pagar nada, foi um acidente...

– Acidente tem culpado, e você foi o culpado!

– Culpado por quê? Você vinha de lá, eu vinha de cá, os braços bateram...

– Você estava balançando demais o braço.

– Eu estava andando normalmente...

– Não estava, não! Quem vai resolver esse troço é a polícia.

Eu já estava indo embora, mas não acreditei, o sujeito conseguiu chamar um guarda de trânsito em tempo recorde.

– Não precisa se preocupar, seu guarda... – falei –... foi só uma batidinha de relógios...

– Só uma batidinha, não! Eu vinha na preferencial e ele veio balançando os braços que nem um dançarino de axé.

– Que é isso? – eu me enfezei. – Eu não estava...

– Chega! – o guarda encerrou a discussão. – Vou ter que levar os dois relógios pra averiguação – já falou tirando os relógios de nossos pulsos. Eu e o babaca que arrumou a confusão ficamos a partir de então do mesmo lado, ambos contra o guarda.

– Peraí, seu guarda, você não pode levar nossos relógios assim – o babaca, meu ex-inimigo falou, buscando minha cumplicidade.

– É, é um absurdo! – reiterei.

O guarda parou, olhou pros relógios, examinou bem e nos devolveu.

– Tá feita a perícia: Rolex paraguaio e Swatch velho. Estão dispensados.

O sujeito foi pra cima do guarda:

– Peraí, meu Rolex não é paraguaio. O senhor pode levar para alguém que entende de relógio pra comprovar.

Eu deixei o cara ali defendendo a legitimidade de seu relógio e me mandei, pensando em comprar um relógio novo.

Alguns conselhos para uma vida melhor

Quer um conselho para viver mais?
Falsifique sua certidão de nascimento.

Uma receita para emagrecer?
Dieta do arredondamento. É fácil, é só arredondar o seu peso. Oitenta e quatro quilos passa a ser "uns oitenta quilos". Oitenta e nove passa a ser "oitenta e poucos quilos". Dá supercerto.

Uma dica para parecer mais novo?
Similar à dieta do arredondamento. Depois de 40 anos, é 40 e poucos até fazer 50. Cinquenta e poucos até 60 e assim por diante.

Como aumentar os seios?
Engorde 20 quilos. É tiro e queda. Principalmente queda.

Como ficar com o abdome sarado?
Coma algo estragado. Quando a dor no abdome vier, tome um remédio. Assim que a medicação fizer efeito, você vai poder dizer que o abdome está sarado.

Como aumentar o pênis?
Divulgue o tamanho do bilau em milímetros. Cinquenta milímetros parece bem mais que cinco centímetros. Melhor ainda em Angstrons: 500 milhões de Angstons é um pauzaço, não é não?

Chato, chato, chato!

Estive com um chato no último fim de semana. Não sei explicar exatamente por que o cara era chato, mas ele era. Ninguém soube me dizer por que o cara era chato, mas ele era e pronto. Chato é assim, é inexplicável, não dá pra dizer o que faz um cara chato. Às vezes o cara é inteligente, gente boa, do bem, mas é chato. Fiquei pensando sobre isso e acabei fazendo uma classificação:

Chato amigo de infância – você até gosta do cara, tem um carinho por ele, pois foi alfabetizado com o cara, teve os mesmos professores, os mesmos amigos, mas ele continua ao seu lado. Chateando...

Chato com causa – sempre tem uma boa causa e conta com a sua ajuda. Você não pode negar apoio às crianças com fome, aos pobres oprimidos, às vítimas da ditadura, mas dá pra negar estender o papo com o cara por mais de dois minutos.

Chato cutucador – às vezes ele nem é tão chato, mas o dedo é, e não para de te cutucar, até você ficar com uma marca na barriga. A marca do chato.

Chato burro – um dos piores tipos, o chato que acumula.

Chato calado – o cara nem fala, não emite opinião sobre nada, mas mesmo assim é chato. Vai entender por quê.

Chata gostosa – é difícil admitir, mas esse tipo existe. Ela é maravilhosa, espetacular, tesuda, boazuda e chata pra cacete! Melhor em foto.

Chato na internet – ao seu lado ele é legal, mas os seus e-mails são insuportáveis, não dá pra aguentar esse tipo no WhatsApp e o cara é um mala no Facebook. E tem o contrário: o sujeito virtual é o máximo, mas ao vivo é um mala.

E tem mais, muito mais:

O chato sensível, o chato moderno, o chato cantor, o chato poeta, o chato bonito, o chato sabe-tudo, o chato depressivo, o chato artista, o chato que queria ser artista, o chato de sucesso, o chato superatleta e o chato chato.

O assunto é inesgotável. A minha paciência é que não é.

Espero não ter sido chato.

Dois tipos

Só existem dois tipos de banda de rock: as revoltadinhas e as que só querem encher o rabo de dinheiro. As primeiras, quando enchem o rabo de grana, deixam de ser revoltadinhas. E as que só pensam em ficar ricas, quando não conseguem, ficam revoltadinhas.

Só existem dois tipos de duplas sertanejas: as duplas em que só um canta e o outro está ali apenas pra completar a dupla, e as duplas em que os dois só estão ali pra completar a dupla.

Só existem dois tipos de sertanejos universitários: os que só completaram o segundo grau e os que só entraram na universidade no dia em que estavam dirigindo os seus carrões, se perderam e erraram o caminho.

Só existem dois tipos de treinadores de futebol: os que gostam de 4-3-4 e os que preferem o 5-3-2. Isso não é tática, é o salário que eles pedem em milhares de reais.

Só existem dois tipos de volantes no futebol: os que levam cartão amarelo em todos os jogos e os que levam logo dois cartões amarelos no mesmo jogo e são expulsos.

Só existem dois tipos de pênaltis: os pênaltis clamorosos, a favor do seu time, e os roubados, que são todos contra o seu time.

Só existem dois tipos de arte de vanguarda: as que não precisam de van e as que não precisam de guarda. Van pra levar o povo e guarda pra conter a multidão.

Só existem dois tipos de lutadores de *ultimate fighting*: os que só pensam em porrada e os que… bem, nesse quesito só existe um tipo mesmo.

Encontro com pentelhos

Certo dia o sujeito resolveu que ia deixar o bigode crescer. Ele achava legal aquele bigode. Dava um charme, sei lá. Algum motivo ele tinha para usar bigode.

Então, andando pelo centro da cidade, o cara cruzou com um amigo que não via havia dez anos. Se ficasse mais dez anos sem o ver, não faria a menor falta. Mas o destino reserva esses encontros, e o sujeito, sempre educado, cumprimentou o antigo amigo com um tradicional:

– Oi, tudo bem? Como tem passado?

E o cara, o que respondeu?

– Porra, meu irmão, quase não o reconheci. Também, com esse rodapé de xoxota na cara!

Tanto carinho aparando o bigode todas as manhãs para, no final, ouvir isso.

Logo depois, mais uns três ou quatro pentelhos cruzaram com o recém-bigodudo com comentários no mesmo estilo:

– Legal a piaçava nos cornos!

Ou:

– Tá sujo aí em cima da tua boca!

Ele raspou o bigode.

Certo dia o cara casou e arrumou um empregão. Aquele vidão de executivo bem-sucedido. A barriga entendeu logo qual era o seu papel e também se estabeleceu. Se o sujeito tinha um cargo de responsa, a barriga sentiu que a obrigação dela era ser uma barriga de responsa. E logo vieram os comentários dos pentelhos:

– Tá forte, hein, rapaz!

Ou:

– Que pança, hein! Saudade de enxergar o bilau?

Pegou mal também o que ouviu da secretária, quando tentou lhe dar uma cantada:

– Gordo eu só quero meu salário, doutor!

Mas chato mesmo foi encontrar o velho pentelho do rodapé de xoxota (e nem haviam se passado mais dez anos!). E o que é que o mala falou assim que viu o ex-bigodudo?

– Porra, tu tá uma vaca, hein!

Certo dia o sujeito resolveu emagrecer. Fez uma dieta, começou a malhar. Acordava cedinho todos os dias e corria oito quilômetros. Emagreceu 35 quilos. Ficou fininho.

Aí as pentelhas das amigas da mulher começaram a encher os ouvidos dela:

– Tem mulher nessa história!

Ou:

– Tá pegando a secretária!

Antes fosse verdade, mas o sujeito não tinha tempo para nada. Gastava todo o seu tempo livre explicando a todos os pentelhos que cruzavam o seu caminho como fazer para emagrecer 35 quilos. Um saco! Pior foi encontrar mais uma vez o pentelho-mor, o do rodapé:

– Pô, tu tá bem, hein. Eu é que tô um boi!

Tentou ser educado. Respondeu:

– Que é isso, até que não…

Não falou:

– Um boi? Você parece um elefante!

Nem:

– Porra, mermão, tu deve ser o rei da banha!

Mas o pior mesmo foi tentar responder à pergunta fatídica, a pergunta que o deixou duas noites sem dormir, a questão que quase o levou para a análise:

Por que quando os outros estão gordos eles são bois e quando a gente é que está gordo é vaca?

Dilemas... dilemas... dilemas...

Existem momentos na vida em que é preciso tomar decisões difíceis, situações em que ficamos numa encruzilhada, precisando responder a questões muitas vezes quase impossíveis, mas das quais não temos como fugir. Há que decidir!

Vamos imaginar uma situação: digamos que você está hospedado num hotel luxuoso, na aba de um amigo milionário. De repente um burburinho toma conta do local. Fotógrafos, cinegrafistas, jornalistas e curiosos se acotovelam para acompanhar a chegada de alguém importante.

Depois de também dar as suas cotoveladas, você descobre que Brad Pitt e Angelina Jolie, o casal mais bonito e bonzinho do planeta, estão hospedados no mesmo hotel.

Depois do jantar você vai para uma varanda e, de repente, quem aparece por lá? Adivinhou! Angelina Jolie! Sozinha! Linda! Espetacular! Ela caminha em sua direção.

Angelina vai chegando bem perto de você. Ela se aproxima tanto que quase cola o seu lindo rosto no seu. Então, Angelina fala contigo com uma voz doce e supersexy:

– Oi, bonitão! Durante o jantar eu não consegui deixar de te olhar.

Você não acredita no que está acontecendo, e ela continua:

– Você toparia subir comigo pro meu quarto?

Você já está prestes a gritar "Claro! Lógico! Só se for agora!", quando ela fala:

– Só tem uma condição.

– Condição? Que condição?

Ela sussurra em seu ouvido:

– Tem que ser comigo e com o Brad. Ele também adorou você. Ele quer te pegar.

E aí, o que você responderia?

– Você daria para o Brad Pitt para poder pegar a Angelina Jolie?

– Você preferiria ficar com os dois juntos ou um de cada vez?

– Se fosse um de cada vez, o que é melhor? Se entregar antes para o Brad e depois pegar a Angelina ou ao contrário?

– E se você topasse a proposta, você contaria para os amigos?

E agora? O que você faria?

Dilemas... dilemas... dilemas...

Crise existencial

– E aí, deputado, tudo bem?
– Mais ou menos, deputado, eu estive pensando numas coisas e...
– Eu também pensei. A gente podia lançar um partido novo e vender o apoio a...
– Não, não é nada disso. É que eu estou em crise.
– Com o governo?
– Não, comigo mesmo.
– Crise com você mesmo? Não estou entendendo.
– É que eu fico pensando: a gente aqui em Brasília só armando, só fazendo essas maracutaias, virando as costas pro povo...
– Ihhh! Que porra é essa?
– Eu estou numa puta crise existencial. Sabe, eu acho que tudo isso que estou fazendo aqui não tá certo...
– Caraca! O cara pirou!
– Estou pensando em deixar Brasília. Isso aqui tá muito baixo-astral, está me fazendo muito mal...
– Então você vai deixar o Congresso? E seus filhos, vão abrir mão dos cargos comissionados, sua mãe vai deixar aquele cargo no Ministério, seu irmão vai sair dos Conselhos das estatais?
– Claro que não! Tá maluco?
– Ué, mas você não disse que vai largar tudo?
– Quem falou em largar tudo? Eu disse que não venho mais a Brasília, mas a minha família não tem nada a ver com isso.
– Ué, e a tua crise existencial?
– A crise existencial é minha, não é da minha família! Fala sério!

Uma teoria sobre taxistas

Há algum tempo, não sei por que motivo, já que não havia a tal da operação Lei Seca ainda, eu andei muito de táxi. E desenvolvi uma teoria que, pelo menos para mim, sempre funcionou. É a seguinte: papo de taxista, em algum momento, descamba para a sacanagem. Não sei se acontece com todo mundo, não sei se é só com os homens, não sei se é só comigo.

Entre as várias conversas que mantive com taxistas e que, é claro, acabaram entrando na temática de sacanagem e serviram para comprovar a minha teoria, duas nunca saíram de minha memória:

A primeira aconteceu, se não me engano, em Niterói. O taxista foi rápido, mal deu tempo de respirar e ele já caiu na sacanagem. Assim que entrei no táxi, o cara disparou:

– Tempo estranho, né? Abre, fecha, abre, fecha. Parece até perna de mulher de zona!

Não me lembro do resto da conversa, nem mesmo se a gente conversou, mas essa frase lapidar ficou em minha cabeça até hoje.

Numa outra vez eu peguei um taxista que me impressionou. O cara disse que foi engenheiro da IBM, que tinha saído da empresa num desses programas de demissão voluntária e que resolveu comprar um táxi pra não ficar de bobeira em casa. Então começamos a conversar e falamos de tudo: política, história, discutimos o passado e o futuro do país, falamos sobre informática, assunto que ele dominava, trocamos ideias até sobre as novas descobertas da ciência. Tudo no mais alto nível. Então, quando já estávamos chegando em minha casa, o cara perguntou:

– Você mora nesta rua, é?

– Moro.

– Ah, porque eu venho sempre aqui. Tá vendo aquele prédio ali? Tô comendo uma coroa gostosa ali que você nem imagina! Pena que você tá saltando aqui, senão eu te contava o que a coroa faz, rapaz! Uma loucura.

Pois é, no finzinho da viagem o cara acabou comprovando a minha teoria.

Eu sei que muito motorista de táxi por aí vai dizer que isso não é verdade. Tá bom, pode até ser viagem minha... mas pode estar certo: se a viagem for de táxi, o papo vai ter sacanagem no meio!

Achei minha coleção de frases de para-choque

Estava dirigindo o meu carro. No meio do trânsito, reparei que no carro que ia a minha frente havia um plástico colado no retrovisor com uma frase. Comecei a ler a frase:
"Queria ser pobre um dia..."
Estranhei. Nossa, que cara besta, tirando onda de rico. Então, li o resto da frase:
"Queria ser pobre um dia... Porque todo dia tá foda!".
Ri sozinho dentro do carro. Achei a frase ótima e bem conveniente para o dono de um Ford Ka ferrado. A piada deve ser velha, mas eu não conhecia. Durante um tempo virou moda os carros andarem com frases engraçadas. Você comprava plásticos com essas frases no jornaleiro, mas há muitos anos não vejo mais isso. Será que essa moda passou? Nunca mais vi esses plásticos com as frases que fizeram tanto sucesso.

Não Xô cajado, Xô xoteiro.

Vou rezar ⅓ para arrumar ½ de levar ela pra ¼.

Não buzine que na frente tem 22!

Não me siga que não sou novela.

São frases corajosas que usam até a matemática para fazer graça. Quem serão os autores dessas maravilhas? Será que é o mesmo cara que escreve todas essas frases?
Então, lembrei que, quando era adolescente, fiz uma coleção de frases de para-choque de caminhão. Cheguei a juntar um montão. Resolvi cavoucar as minhas tralhas, os cadernos antigos de anotações, as gavetas entupidas de papel

velho e, por incrível que pareça, acabei achando a minha lista de frases de para-choque de caminhão. São mais de 80 frases que anotei por algum tempo, ajudado por amigos que sabiam da minha coleção. Algumas frases são clássicas, outras menos conhecidas. Então, sociólogos, filósofos e antropólogos de plantão, aqui vão algumas joias da sabedoria popular, uma amostra da minha coleção de frases de para-choque de caminhão:

Não sou batom, mas ando nas bocas.

Mulher e parafuso comigo é no arrocho.

Se me vires conversando com mulher feia, pode apartar que é briga.

A vida é um sutiã, meta os peitos!

Se peito fosse buzina, essa cidade não dormia.

Mulher é um conjunto de linhas curvas que faz levantar uma linha reta.

Em casa de mulher feia não precisa fechadura.

Mulher e árvore só dá galho.

O casamento é o fim das criancices e o começo da criançada.

Amor é igual fumaça: sufoca, mas passa.

Filosofia e mulher, cada um com a sua.

Amor é lorota, quem manda é a nota.

Vivo todo arranhado, mas não largo minha gata.

Coroa de minissaia é vitrine de varizes.

Não sou rei, mas me amarro numa coroa.

Franguinha, eis aqui o seu poleiro.

Não sou Lady Laura, mas te levo pra casa.

O amor é cego, o negócio é apalpar!

Geladeira de pobre é bala de hortelã.

Piquenique de pobre é terreiro de macumba.

Rico tem veia poética, pobre só tem varizes.

Não sou sanfoneiro, mas toco de noite.

Chifre é que nem dente, só dói quando nasce.

Se barba desse respeito, bode não usava chifres.

Mulher e freio não merecem confiança.

Beijo de menina tem vitamina.

Vitamina de chofer é poeira.

Tantos cavalos no motor, tantos burros no volante.

Rosa reza, Mercedes benze.

Na subida ocê me aperta, na descida nóis acerta.

Pela entrada da cidade se conhece o prefeito.

Mineiro, quando enfeza, vela sobe de preço.

Se a vida é um buraco, São Paulo é cheia de vida.

Feliz é índio, que só entra em fila quando tem dança na tribo.

Um caminhão gemendo, uma prestação vencendo.

Amigo de infância

Entrei na loja de sucos. O cara praticamente entrou junto. Veio em minha direção e falou:
– Oi, não tá me reconhecendo mais, não?
Olhei bem. Eu conhecia o cara, mas não me lembrava de onde. Demorou, mas enfim a ficha caiu. Era um colega de ginásio. Abri um sorriso. Juro que fiquei feliz em revê-lo.
– Jaques! A gente estudou junto! Claro! E aí, tudo bem? – apertei a mão dele com entusiasmo.
– Não. Tá tudo ruim.
Engoli em seco, recolhi a mão, já não tão feliz.
– Tudo ruim? Não está nem mais ou menos?
– Se estivesse mais ou menos era lucro. Tá tudo uma merda!
– Que é isso? Não fala assim... – tentei levantar o cara.
– Não, é isso mesmo. Eu só me dei mal na vida.
– Sério?
– Sério. Só me fodi – o cara fez uma cara feia e arrematou. – Todas as opções que fiz na vida foram erradas.
"Caralho!". Eu não falei, mas pensei tão alto que parecia que tinha gritado. Em menos de dois minutos de conversa eu já havia me lembrado por que não era amigo do cara no ginásio, por que a gente quase não se falava mesmo sendo da mesma turma. Ele era um reclamão do cacete!
– Todas as opções?
– Todas. Tudo deu errado pra mim.
"Caralho!". Pensei de novo. No meu caso, a decisão mais equivocada que eu havia tomado nos últimos tempos foi a de entrar naquela loja de sucos onde encontrei o mala.

– Que é isso, alguma coisa deve ter dado certo... você não teve, sei lá, uma namorada maneira?

– Não, com mulheres eu só levo na cabeça. Eu me casei três vezes, fui corneado todas as vezes, aí eu resolvi parar de casar e só ter relações casuais, levei dois DNAs.

– Que azar, meu irmão!

– Não foi azar, foram as minhas decisões... Se existirem dois caminhos pra escolher, eu sempre escolho o que vai dar no abismo.

– Caralho! – dessa vez eu não pensei, falei mesmo, e alto. Todo mundo na loja de sucos olhou. Tentei mudar o rumo da prosa pra ver se o papo melhorava:

– E o trabalho? Você faz o quê?

– Eu estou desempregado... larguei a faculdade de engenharia pra virar ator. Decisão errada. Larguei a vida artística, abri um bar, faliu, uma loja, faliu, uma agência de turismo, faliu...

Nesse momento o atendente finalmente resolveu dar atenção:

– Eu quero um suco de abacaxi – pedi. – Eu adoro abacaxi!

– Abacaxi? Boa! Eu também vou querer um! – o Jaques falou.

O atendente já estava saindo quando eu o puxei pelo avental.

– Não, espera. Mudei de ideia. Não vou mais querer abacaxi, não. Me dá um suco de laranja.

– Ué, mas você não adora abacaxi? – o mala perguntou.

– E eu vou lá tomar um suco que você escolheu! É ruim, hein! Eu só gosto de suco de abacaxi quando não tá urubuzado.

O mala ficou irado, olhou pra minha cara com ódio e se afastou para o outro lado do balcão. Pra mim, foi a decisão mais acertada que ele tomou na vida.

Vai, confessa!

Hoje em dia está todo mundo conectado. Todos dão palpites sobre qualquer assunto nas redes sociais, falam mal dos outros no Twitter, postam foto da turma do colégio no Facebook, fazem pesquisas na Wikipédia. Todo mundo faz as mesmas coisas e vai criando hábitos. Eu tenho certeza de que todos até praticam as mesmas pequenas sacanagens ou pagam os mesmos micos na internet, mas ninguém confessa.

Quem é que nunca deu dois cliques naquela fotinho do avatar do Twitter ou do Facebook para a foto aparecer grande a fim de poder ver se a pessoa é bem-apessoada ou não? Alguém acaba de curtir um *post* seu e está lá o avatar da pessoa, aquela foto pequeninha, uma moça loura, parece interessante, será que é gata? Quem é que não aumenta a foto para tirar a dúvida? E quem é que não se decepciona na maioria das vezes?

Quem é que, mesmo sendo rato da internet, fodão do hiperespaço, não cai pelo menos uma vez por mês numa daquelas idiotas pegadinhas da internet? Ih, o fulano famoso morreu? Será? A gostosona posou nua? Será? Lá vai você clicar no link e dar de cara com aquela babaquice da "pegadinha do Mallandro" ou o Chapolim fazendo uma palhaçada. Isso quando não leva um vírus na cara.

Quem é que não age furtivamente e, quando ninguém está olhando, vai lá no Google, clica em "imagens" e digita o nome da atriz famosa para ver se existem fotos desinibidas dela na internet? Da atriz famosa, da coadjuvante, da figurante, até da vizinha gostosa, quem sabe ela está na internet de biquíni. E isso não é só homem que faz, não! Eu tenho certeza de que muita mulher digita o nome do galã bombadão pra ver se tem foto dele sem camisa.

Quem é que sabe quando uma troca de mensagens chega ao fim? Você manda uma mensagem, o cara responde. Então você se acha na obrigação de mandar outra mensagem. Se o cara responde de novo, você acha que vai ser falta de educação não responder de volta e, mais uma vez, responde. E a troca de mensagens dura pelo resto da eternidade. Até quando isso deve ir? Quem é que sabe?

Quem é que não fica rodando pela internet sem parar, por horas a fio, em vez de ler um livro ou fazer o dever de casa, ou até mesmo trabalhar? O cara fica ali clicando nos mesmos links, até se dar conta de que já passou *trocentas* vezes pelo mesmo site, que não é atualizado tão rápido assim e, portanto, ele já viu a mesma página mais de mil vezes!

Quem é que consegue passar da segunda página daqueles Power Points edificantes com mensagens bonitas e musiquinhas ao fundo? Se foi aquele seu *brother* amigo de fé, irmão camarada que enviou, você ainda se esforça e talvez consiga passar da terceira página, mas na quarta só se chega quando o e-mail vem do chefe e com ameaça de demissão se não ler. Até o fim ninguém vai.

E você, vai dizer que não faz essas coisas também? Vai, confessa!

Uma delegacia especializada

Conheci o cara quando sentei no balcão de um bar pra tomar uma cerveja. O sujeito sentou ao meu lado. Era grisalho e usava um terno amarfanhado. Estava com cara de cansado. Puxou conversa:
– Tomando uma cervejinha no final da tarde?
– É bom uma cerva pra relaxar... – respondi.
– Nem me fale. Eu tô morto! Cansado à beça, a vida não tá fácil...
Achei que ele ia começar a explicar por que a vida dele não estava fácil, já havia me arrependido de dar papo para o sujeito, mas quando eu estava engrenando a primeira pra me mandar, o cara me fez uma pergunta:
– Você é humorista, certo?
– É, é verdade, sou humorista.
– Eu também trabalho com humor...
– É? – estranhei que um sujeito com cara de policial como ele pudesse ser humorista.
– Eu não sou humorista – ele tratou logo de dizer.
– Não? Mas você não disse...
– Eu trabalho com humorismo, mas não exerço. Até gosto de ouvir umas piadas, mas não sei contar.
– E você faz o que nessa área? – perguntei, curioso.
– Eu sou policial.
– Ah... desculpe, mas o que um policial tem a ver com humor?
– No meu caso, tudo. Vou te explicar: há algum tempo o número de humoristas tem aumentado bastante, muita gente fazendo shows de stand-up, programas de TV e na internet, então, nem se fala, todo dia surge um blog de humor...

– Sim, é verdade, isso é ótimo, nada mais sadio do que o humor...

– É... mas esse pessoal começou a dar trabalho pra polícia. É humorista dando queixa de que a piada dele foi tuitada por outro sem crédito, comediante reclamando que seu esquete foi copiado no show de stand-up alheio... outro garantindo que sua piada saiu antes na internet e foi roubada...

– Engraçado...

– É, eu confesso que no início também achei... mas então a coisa começou a crescer. Todo dia vários casos, dezenas, centenas, até que a polícia não conseguia mais dar conta... o secretário de segurança teve que tomar uma providência... criou uma delegacia só pra esses casos: a Delegacia Especializada em Crimes do Humorismo. E eu sou o titular dessa delegacia.

– Nossa, eu não sabia que existia isso...

– Quando fui chamado para a função, achei até divertido. Como falei, gosto de piadas, achei que ia escutar várias piadas e resolver casos simples... Mas a coisa era muito pior do que pensei, barra pesada...

– Que é isso? É claro que um humorista pode ficar puto com outro por ter tido uma piada roubada, mas...

– Muitos humoristas não têm escrúpulos quando o negócio é fazer rir, roubar piada é só o começo. Hoje mesmo estou investigando um caso terrível...

– Um caso terrível? O que pode ser, o sequestro de uma piada velha?

– Vocês, humoristas, estão sempre brincando... eu estou falando de coisa séria. Assassinato, meu caro.

– Tudo bem, é chato, mas um humorista é uma pessoa como qualquer outra, pode fazer coisas erradas...

– Coisas erradas? – o cana gritou, me assustando.

– Você acha que um comediante morrer no palco antes de acabar uma piada é só uma coisa errada? Isso é sórdido, meu caro!

– Calma, mas o cara morreu no palco... ele pode ter tido um ataque.

– Veneno. Foi envenenado. O comediante era um gordo que fazia stand-up com piadas sobre gordos. Antes de entrar no palco ele comeu um cachorro-quente no camarim, entrou no palco e pum, caiu duro...

– Mas como você sabe que alguém o matou?

– Uma mensagem deixada no camarim: "Esse não rouba mais piada de gordo".

– Então é só seguir a pista, procurar um humorista gordo e...

– É, eu sei, e é isso que estou fazendo. Mas existem milhares de humoristas gordos que fazem piada sobre a própria obesidade. Mais até do que baixinhos que fazem piada com a altura ou feios que brincam com a própria incapacidade com o sexo oposto...

– É, realmente é um caso difícil... agora estou entendendo por que você precisou entrar neste bar e tomar uma cerveja... é preciso relaxar mesmo...

– Eu não entrei aqui pra tomar uma cerveja e relaxar... – o policial se levantou. – Entrei atrás de você. Você é humorista. Além disso, está acima do peso... – o sujeito me mostrou uma carteira de policial. – Precisamos ter uma conversinha na delegacia... o senhor pode me acompanhar, por favor?

Pra que seguir o GPS?

Eu estava no Guarujá, onde ia gravar uma cena para o Casseta & Planeta. O personagem que eu ia fazer era o Noé[1]. A caracterização foi feita num quarto do hotel em que estávamos hospedados. Meia hora de maquiagem e lá estava eu, com uma bata branca, uma barbona branca colada na cara e uma peruca grisalha enorme, como convém a um personagem bíblico.

Saí do quarto vestido daquele jeito, entrei no elevador que, graças a Deus, estava vazio. Cheguei ao saguão do hotel, que não estava vazio, e todos olharam em minha direção. Alguns sabiam do que se tratava, era o Casseta & Planeta gravando, mas outros não sabiam. Como não me reconheceram atrás daquela barbona e cabelão, acharam que se tratava de um maluco. Fingi que não era comigo. Um produtor me viu e me indicou o carro que me levaria para o local da gravação. Entrei no carro, sentei no banco da frente e o motorista me falou:

– Só um minutinho que eu vou colocar o GPS.

– Você não sabe o caminho?

– Mais ou menos... é só pra ajudar.

Fiquei tranquilo, confiando no japonês da Sony que produziu o equipamento.

O motorista partiu, e uma voz feminina vinda do GPS indicou a direção:

– Pegar a direita.

O cara pegou a esquerda.

– A direita é roubada – ele explicou rapidinho. – Eu falei com outro motorista que me disse que pra esquerda é mais jogo.

Estranhei, mas fiquei na minha. O GPS logo se localizou novamente e começou a indicar o caminho com a setinha.

– Tá vendo? Não falei que pra esquerda dava certo? – o motora apontou pro GPS.

Seguimos em frente por um tempo até que, passados uns 800 metros, a moça do GPS mandou:

– A cem metros virar à direita.

O motora não titubeou, cem metros depois ele seguiu em frente com convicção.

– Pra direita eu vou cair na rodovia. O colega me falou que é só seguir em frente que a gente chega.

O GPS também era insistente e logo se achou de novo. A moça então falou:

– A cem metros entrar à direita.

– Não, pra lá eu não vou, o colega me garantiu que em frente é melhor.

– E pra que você ligou o GPS? – eu perguntei, já um pouco irritado.

– É pra ajudar um pouquinho, mas ele não tá ajudando...

Dois minutos depois nós estávamos perdidos, mas o motorista ainda não tinha se convencido disso.

– Eu tenho certeza de que é por aqui, vou perguntar pra alguém.

– Por que você não pergunta pro GPS?

– O GPS quer me mandar pra rodovia, e lá é roubada.

O cara parou o carro, abriu o vidro e pediu indicação para um jornaleiro, que deu uma direção qualquer e o motorista seguiu. A cada minuto a moça GPS alertava que o caminho não era aquele, mas o motorista não estava nem aí para as indicações dela. Eu reclamei, mas ele só dizia:

– Calma, a gente vai chegar.

Até que, depois de rodar um tempão, o motora admitiu que podia estar um pouco perdido. A minha vontade nesse momento era pedir para o cara parar, sair do carro e pegar um táxi. Um táxi saberia chegar ao local da gravação. Mas não dava para fazer isso. Eu estava vestido de Noé! Que táxi ia parar para um sujeito vestido de Noé em pleno Guarujá?[2]. E ainda havia um agravante: eu não tinha dinheiro. Saí pra gravar e não levei nada, nem dinheiro, nem documentos, nem celular, nada! Estava nas mãos do motorista perdido.

O cara continuava seguindo a esmo, perguntando aqui e ali como é que se chegava ao local, até que, irritado, eu gritei:

– Para tudo!

O motorista se assustou. Eu então falei, ou melhor, ordenei:

– Coloca a porcaria do endereço de novo nesse GPS e segue o que a moça diz!

O cara ficou meio contrariado, mas fez o que eu pedi. Seguiu as indicações do GPS, chegou à tal rodovia, onde andamos três ou quatro quilômetros em boa velocidade. Em cinco minutos chegamos ao nosso destino.

– Tá vendo, doutor, eu não falei que a gente chegava?

Eu encarei o motora, meus olhos o fuzilaram, mas respirei fundo e preferi não dizer nada, pois tinha uma gravação pra fazer e resolvi esquecer o assunto. Mas, quando eu estava saindo do carro, acho que ouvi a moça do GPS dar mais uma instrução:

– A cem metros pare de tirar onda e vá pra...

Não ouvi direito o final, mas desconfio que um japonês lá na Sony andou adaptando o software pra certos motoristas brasileiros.

---

[1] Um dos *trocentos* personagens que fiz nos programas do Casseta & Planeta.
[2] Personagem bíblico é tudo parecido, barbão, cabelão, podiam achar que era Moisés ou até o Inri Cristo pedindo carona!

Minhas malas somem

Eu tenho um problema quando viajo de avião. Não, não é medo de voar nem de ter como companheiro de viagem um barbudo de turbante sósia do Bin Laden. O meu problema é que as minhas malas extraviam. Elas simplesmente não chegam. Foram cinco vezes, cinco malas que não chegaram! Cinco vezes em que eu cheguei, mas a mala, não. Perguntei para os amigos, pessoas que viajam muito mais do que eu, e todo mundo tem um casinho ou outro, quem tinha duas histórias de malas extraviadas se achava superazarado. Eu tenho cinco casos. Cinco!

Duas vezes foi chegando ao Rio, voltando para casa, cansado depois de mais de dez horas de viagem, aquela sensação gostosa de ver todo mundo saindo feliz com a sua mala, e depois de quase uma hora a esteira parar de rodar sem a sua mala aparecer.

Três vezes foi chegando ao destino. Aquela situação maneira de chegar numa cidade que não é a sua, às vezes num país que não é o seu, só com a roupa do corpo. Dormir pelado, usar a mesma camiseta suada, a mesma cueca freada do dia ou até dias anteriores. Uma vez foi chegando a Aruba. Foram dois dias pra recuperar a mala. Liguei quinze vezes para o aeroporto, falando em inglês, que não falo muito bem, e descobrindo que, perto do funcionário do aeroporto, eu tinha mestrado e doutorado em inglês. Acabei tendo que ir até o aeroporto pra resgatar a mala.

Outra vez foi chegando a Roma. Também tive que voltar para o aeroporto pra pegar a mala. Detalhe: o taxista da volta me deu o troco com uma nota falsa.

A última vez foi há pouco tempo, chegando a Recife.

Foi lindo sair pra jantar com a única camisa que eu consegui comprar em Olinda, onde ficava meu hotel, depois de uma hora procurando uma loja aberta à noite. Então eu apareci pra jantar com uma camiseta vermelha, com os dizeres "Holanda Olinda olindamente linda" na frente e "Frevança Total 2011" atrás. Uma camiseta apertada pra cacete, dois números menores que o meu, porque, além de tudo, é difícil pra mim, que sou grande, achar camisa XG, não tem em qualquer lugar.

Mas por que será que isso acontece comigo? Desígnios divinos? Castigo por algum pecado que cometi? Urucubaca braba? Como não acredito nessas coisas, prefiro pensar que o motivo é outro: eu não consigo me lembrar do que fiz pra deixar os funcionários dos aeroportos putos comigo, mas alguma coisa eu devo ter feito. Não dei gorjeta pra alguém que esperava ganhar alguma coisa ou não respondi a alguma pergunta, sei lá o que eu fiz, mas acho que toda vez que um funcionário que carrega as malas para o avião vê a minha mala, ele a tira da esteira e fala:

– Arrá! A mala do Beto Silva! Vou sacanear! Vou mandar só no voo de depois de amanhã.

Só pode ser isso! Uma conspiração mundial dos aeroviários pra me foder. Cinco malas extraviadas não pode ser normal!

Sabendo que isso acontece com as minhas malas, que elas podem não chegar junto comigo ao meu destino, eu procuro me comportar direitinho nos aeroportos. Se já estão me sacaneando por algo que nem lembro que fiz, imagine se eu dou alteração! Os caras são capazes de mandar a minha mala para o Afeganistão ou pra Somália! E eu não quero mais jantar em lugares que não conheço usando camisetas apertadas.

Meu passado de milico

Eu estava chegando ao estúdio do Projac para gravar o programa Casseta & Planeta quando uma moça que esperava na porta do estúdio veio falar comigo. Achei que era uma fã querendo tirar uma foto, mas na verdade ela só queria falar comigo:
– Você é o Adler, não é?
– Sou... – respondi surpreso.
Deixe-me explicar a minha surpresa: Beto Silva é meu nome artístico, eu me chamo Roberto Adler. Os meus amigos mais antigos me chamam de Roberto, mas pouquíssima gente me chama pelo sobrenome, por isso me surpreendi.
Mas ela logo explicou:
– É que eu sou esposa do Braga que fez CPOR com você.
– Ah, claro! O Braga!
– Você se lembra dele?
– Lembro, sim!
E isso era verdade, eu me lembrava do Braga mesmo. E aqui cabe outra explicação. Eu servi no Exército. Ok, vou dar um tempo pra você parar de falar "Não acredito!"... Pronto? Então vamos seguir... eu servi no Exército, não consegui me livrar e acabei tendo que servir no CPOR – Centro de Preparação de Oficiais da Reserva, que ficava em São Cristovão, bairro do Rio. No CPOR, como diz o nome, eles formam oficiais da reserva. Portanto, quem serve lá não é considerado soldado, é chamado de aluno, e quando o "curso" acaba, nove meses depois, o aluno vira aspirante. E lá no CPOR o meu nome de guerra (é assim que eles chamam, mas eu sou da paz) era Adler. Pois é, na caserna eu era conhecido como aluno Adler. O aluno Braga era um dos meus companheiros no CPOR.
A moça, esposa do Braga, continuou:

– Eu queria há um tempão falar com você. É que um dia, já tem muitos anos, eu e o Braga estávamos assistindo televisão e você apareceu no Casseta & Planeta. Quando o Braga te viu, falou: "Ih, olha só, é o Adler!". Nossa, eu achei lindo!

– O que você achou lindo?

– O seu nome: Adler. Gostei tanto, mas tanto que, quando o meu filho nasceu, eu não tive dúvida: dei a ele o nome Adler, Adler Braga!

– Mas Adler é o meu sobrenome!

– Eu sei! Mas eu achei tão bonito que virou o nome do meu filho.

– Puxa, que legal! – foi o que eu consegui falar.

– E não é só isso, não! – a moça continuou. – Eu achei esse nome tão lindo que os meus dois outros filhos também se chamam assim.

– Eles também se chamam Adler?

– Não. Um é Adlerson, e o outro, Adlerian.

Pois é, fiquei sem saber o que dizer. Na verdade, acho que não consegui falar nada, a boca aberta, estupefato com a história. A moça então me deu dois beijinhos e foi embora, só me deixando tempo de gritar:

– Manda um abraço pro Braga... e pro Adler, pro Adlerson e pro Adlerian também!

Obs.: Essa história é verídica. Só mudei o nome do meu companheiro de CPOR e confesso que não lembro se as variações em torno de Adler nos nomes dos dois outros filhos eram essas mesmo, mas com certeza eram bem próximas das que coloquei no texto.

Eu já fui uma diva do axé

Quando eu gravava o Casseta & Planeta Urgente, ficar duas horas sentado numa cadeira de maquiagem era algo normal. E quando o personagem era feminino, as horas se multiplicavam. Imagine o trabalho que dá para transformar um cara peludo como eu em algo que se pareça minimamente com uma fêmea... E a personagem feminina que mais fiz no programa e que, portanto, me deixou mais horas sentado numa cadeira de maquiagem foi a Acarajette Lovve, com dois tês e dois vês, a maior cantora de axé do mundo. Do mundo só, não. Da Bahia!

Acarajette Lovve foi uma personagem que fez sucesso assim que foi ao ar pela primeira vez. Como a resposta do público era muito boa, achamos que dava para convidar as cantoras baianas para gravar com Acarajette, e, incrível, todas elas toparam. Acarajette gravou com Claudia Leitte, Ivete Sangalo e Daniela Mercury, além de outras cantoras não baianas, como Joelma, ou roqueiras, como Pitty. Acarajette ficava lá xingando as cantoras, dizendo que era mais bonita, mais gostosa e melhor cantora, e elas entravam na brincadeira e respondiam na mesma moeda. Era divertido. Eu curtia bastante.

Quando chamamos Ivete Sangalo para gravar com Acarajette, ela disse que topava, que queria muito gravar com Acarajette, mas a sua agenda estava complicada. Como ficou difícil conciliar uma data para a gravação no Projac, a produtora de Ivete nos fez uma proposta:

– Acarajette topa participar do show da Ivete no Rio de Janeiro?

– No Rio? Claro! – a produção do programa respondeu sem pestanejar. – E em que teatro vai ser o show?

– Não vai ser em teatro, não. Vai ser em cima de um trio elétrico.

– Como assim, num trio elétrico? Nós não estamos no carnaval.

– A Ivete vai dar um show num trio elétrico, no estacionamento do Riocentro. Acarajette topa subir no trio elétrico com ela?

Eu sou um cara tímido, nunca toparia subir num trio elétrico diante de milhares de pessoas, mas Acarajette não era tímida e topou na hora.

O dia da gravação chegou. Como não dava para maquiar no Riocentro, a produção marcou comigo no Projac. Fiquei pronto, travestido de Acarajette com umas quatro horas de antecedência. Um carro da produção me levou ao Riocentro, e lá no estacionamento encontramos o trio elétrico da Ivete parado diante de uma multidão.

Entrei no trio elétrico. O palco do trio elétrico fica em cima, e embaixo, dentro do caminhão, havia um enorme camarim, onde Ivete já se preparava para o show. Ela me recebeu superbem, muito simpática, senti uma solidariedade de cantoras baianas. Ivete explicou como seria o show, em que momento eu entraria no palco, ou melhor, quando eu subiria no trio. Eu tinha um texto preparado que passei com Ivete.

O show começou e eu fiquei esperando ali embaixo, escutando Ivete cantar os seus hits. Até que, com uns quarenta minutos de show, ela me chamou ao palco:

– E agora, com vocês, uma convidada muito especial: Lovve!

Subi as escadas que davam acesso ao palco na parte de cima do caminhão. Quando cheguei lá e vi a plateia, gelei. Eram mais de 20 mil pessoas. Gente a perder de vista, uma multidão sem fim. Respirei fundo e mandei:

— Boa noite. É uma honra para mim, Acarajette Lovve, estar aqui para ajudar essa cantora iniciante, Claudia Leitte...
Ivete se fingiu de irritada e me corrigiu:
— Não, Cacarajette! Eu sou Ivete, minha linda.
— Ah, é Ivete seu nome? Desculpe, não conhecia...
Ficamos assim nos provocando por uns cinco minutos, o povo delirando. Até que Ivete resolveu incitar as 20 mil pessoas a gritar o meu nome:
— Acarajette! Acarajette! Acarajette!
E foi aí que aconteceu. Vinte mil pessoas gritando o meu nome. Naquele momento, depois de mais de quatro horas vestido daquele jeito, eu nem lembrava mais que era o Beto Silva, eu era Acarajette. E estava fazendo o maior sucesso! E sucesso, como todos sabem, sobe à cabeça. Eu sou um cara tranquilo, que sabe onde tem a cabeça, mas Acarajette, não. Ela estava completamente deslumbrada, por sua cabeça mil pensamentos rolavam. Será que aquele era o momento de largar o Casseta & Planeta e me dedicar a virar uma cantora baiana? Que tal realizar o sonho do trio elétrico próprio e desfilar pelas ruas de Salvador no carnaval? Já pensou gravar um CD e viajar pelo Brasil fazendo shows em cima do meu trio elétrico?

Tudo isso passou pela cabeça de Acarajette Lovve em milésimos de segundos. Mas aí aconteceu outra coisa: eu esqueci o texto. Tinha decorado várias falas, mas não me lembrava de nenhuma delas. Viajando na carreira solo de cantora de axé, eu não sabia mais o que falar. Fiquei calado, deu uma bobeira geral. Ivete já havia falado à beça, agora cabia a mim responder, e nada ! O sonho de seguir na carreira de cantora baiana se esvaneceu na velocidade da luz, e agora eu só tentava encontrar um texto perdido em algum lugar do meu cérebro. Precisava falar alguma coisa, mas nada vinha! Fiquei nervoso. Comecei a suar frio. Achei que desmaiaria ali em cima do trio elétrico diante de 20 mil pessoas. Mas, graças a Deus, não cheguei a pagar mico naquela noite. Depois de alguns poucos segundos, que para mim pareceram uma eternidade, finalmente achei uma fala num neurônio perdido qualquer e gritei:

– Eu sou Acarajette Lovve, a melhor cantora do mundo! Do mundo só, não! Da Bahia! Uma cantora que, além de cantar muito melhor, tem as pernas mais grossas do que Ivete, que tem só esses cambitinhos ridículos!

Ivete respondeu à altura. Sacaneou Acarajette, e dessa vez pediu uma vaia à plateia, que a atendeu. Sob uma vaia de 20 mil pessoas, eu me despedi do público. A multidão voltou a aplaudir Acarajette e eu saí de cena.

Desci as escadas rapidinho e voltei para o camarim, na parte de baixo do caminhão. Chegando lá, a primeira coisa que fiz foi arrancar a peruca que já estava apertando a minha cabeça há mais de quatro horas. Peguei um lenço umedecido e tirei a maquiagem. Tirei a roupa da Acarajette, deixei de ser a musa de pernas grossas da Bahia, a sensação loura do carnaval baiano, e voltei a ser só aquele cara do Casseta & Planeta. Mas posso dizer que, pelo menos por alguns minutos, em cima de um trio elétrico, ao lado de Ivete Sangalo, eu me senti uma verdadeira diva da axé music!

O relógio

Às vezes eu fico meio perdido em certos eventos sociais. Sabe aqueles jantares cheios de formalidades, em que você não conhece ninguém? Quando a única coisa a fazer para passar o tempo é cair de boca na comida, mas você nunca sabe se já pode atacar ou se pega mal se servir? Pois eu estava numa dessas mesas cheias de gente, sem nada para fazer. Então comecei a conversar com o sujeito sentado ao meu lado, e o cara até se mostrou simpático. Falamos do tempo, é claro. Será que chove? Será que faz frio? Falamos mal do trânsito também. Mas isso não durou muito, em determinado momento o papo deu uma murchada. Eu, sem saber direito o que fazer, achei que podia dar uma reanimada na conversa, e então, pra espantar o silêncio, e sem arrumar outro assunto, resolvi elogiar o relógio que o sujeito estava usando.

– Bonito o seu relógio.

– Gostou? É legal, né? Você acredita que ele é de plástico? – o sujeito respondeu, aparentemente gostando do elogio.

– É... interessante... puxa vida, plástico! – eu fingi que reparava mais detidamente no relógio.

– Pois é, plástico. É superbarato, mas bonito. Se você gostou mesmo, faz o seguinte: fica com ele.

O cara já foi tirando o relógio e me dando.

– Não! Que é isso? Não precisa me dar, não.

– Fica com ele. Isso é barato, eu sei onde comprar outro. Fica! Fica!

– Não, não precisa... – eu ainda tentei mais uma vez rechaçar a oferta, meio sem jeito.

– Não, eu faço questão! É seu!

Não teve jeito, eu tive que ficar com a porra do relógio.

Eu nem gostei da parada, só elogiei o dito cujo pra puxar assunto e o cara me coloca a porcaria do relógio no pulso! Uma merda de um relógio de plástico vagabundo! Se o cara esperava que eu desse algo em troca pra ele, se ferrou, porque eu não dei nada. Não daria nada, mesmo que isso fosse considerado o suprassumo da falta de educação.

Pois eu fiquei com aquele relógio no pulso pelo resto do jantar e, mais do que isso, resolvi que ia andar com o tal do relógio de plástico o tempo todo. O relógio é feio, mal dá pra ver as horas, mas eu não tiro ele por nada. Tenho certeza de que ele faz parte de algum tipo de jogo: você fica com o relógio até que alguém o elogie, e então você dá o relógio para a pessoa. Não existe outro motivo para alguém usar a porra do relógio de plástico, só pode ser um jogo! Pois agora eu entrei nesse jogo: estou esperando alguém elogiar o relógio para poder dá-lo pra essa pessoa. Faço tudo para isso acontecer. Quando estou com pessoas que não conheço direito, eu fico meio calado, crio um silêncio constrangedor de propósito só pra ver se, sem assunto, o meu interlocutor elogia o relógio. Ou, então, passo o braço bem na frente da cara das pessoas para tentar tirar qualquer comentário sobre o relógio. E assim que vier um elogio, ou apenas uma menção positiva, eu vou dar o relógio para essa pessoa!

– Gostou? Toma, é seu! Eu faço questão!

Só assim eu vou tirar o relógio do meu pulso. Só dessa maneira eu posso me desfazer desse relógio escroto! Eu vou ganhar esse jogo! Pra mim isso agora é uma questão de honra!

Mistério resolvido

Eu sempre fiquei intrigado com coisas que somem. Meias, por exemplo. Quantas meias com um pé só você tem porque não tem a mínima ideia de onde foi parar o outro pé? O mesmo acontece com luvas e, às vezes, até com sandálias Havaianas. E as tampinhas de caneta, onde elas vão parar? Uma caneta sem tampinha acaba secando e logo não dá mais para usar. O jeito é comprar outra.

Mas por que essas coisas somem? Acredite, ninguém perde essas coisas por bobeira ou esquecimento. Não! Na verdade eu descobri como esses objetos desaparecem. É simples: pouca gente sabe, mas existem profissionais especializados em sumir com essas coisas. É isso mesmo! São pessoas contratadas pelas indústrias desses produtos para ficar o dia inteiro à espreita e, na primeira oportunidade, sumir com essas coisas. Então você está lá, no vestiário da academia guardando as suas coisas, e cadê a meia? Larga a caneta esferográfica de bobeira e cadê a tampinha? Você nem percebeu, mas um desses profissionais pegou.

Essas pessoas agem sorrateiramente, espreitam a vítima e na primeira chance pegam uma de suas meias, ou uma de suas luvas ou a tampinha da caneta. E logo em seguida jogam fora na primeira lixeira que encontram. Dizem que eles são pagos de acordo com o aumento das vendas do produto. O que você vai fazer com um pé de meia? Tem que comprar uma meia nova. Só a luva da mão direita? Tem que comprar um par novo. Uma caneta que não escreve? As vendas desses produtos só crescem.

Quando acusados de ladrões, esses caras se defendem alegando que não roubaram nada, apenas pegaram emprestadas essas coisas por alguns instantes e em seguida as deixaram em outro lugar. O que eles podem querer com apenas uma meia? O que vão fazer com um pé de Havaianas? É difícil acusá-los de alguma coisa, eles não ficam com o flagrante.

Se esses profissionais não existem, então o que explica a quantidade de meias de um pé só que eu tenho? Vocês podem achar que isso é só mais uma de minhas teorias da conspiração, mas eu prefiro continuar acreditando.

Ih, a bateria acabou!

A pessoa que mais fala no telefone celular é aquela moça que diz "o número que você ligou está desligado ou fora de área...". Nossa, ela deve ser muito viciada em celular, porque, para cada duas ligações que se faz no Brasil, uma é ela que atende. Se na maioria das vezes que a moça atende o telefone é porque ele está fora de área, algumas vezes ela atende porque o aparelho não está ligado. E como ninguém desliga o celular nem quando está no cinema ou no teatro, a conclusão que se tira é que, quando ele não está funcionando, a culpa é da principal inimiga do usuário de celular: a bateria.

Um dos maiores transtornos da vida moderna é a duração da carga da bateria do celular. Todo mundo reclama que a bateria de seus celulares dura pouco. E todos sofrem muito com a bateria descarregada.

Pais sofrem quando a bateria do celular dos filhos acaba no meio da madrugada e eles não podem ficar mandando mensagens de quinze em quinze minutos perguntando: "Tá tudo bem?".

Adolescentes sofrem de síndrome de bateria descarregada, começam a tremer quando não sabem como fazer para passar as próximas horas sem mandar mensagens fundamentais como: ☺ ☺ ☺ ou (: !!! para seus amigos.

Como é que os adultos vão fazer quando a bateria do celular acabar justamente na hora que eles iam tirar fotos do jantar para colocar no Instagram? E pior: sem bateria eles vão ter que conversar durante o jantar. Que saco! Os casais acabam discutindo e o casamento fica por um fio. E a culpa é da bateria que acabou.

Mas alguns médicos e fisioterapeutas consideram o descarregamento da bateria fundamental para a saúde das pessoas. Quando a bateria acaba, as pessoas finalmente levantam a cabeça, já que não adianta ficar olhando para o celular descarregado. E levantar a cabeça, mesmo que só por meia hora, é muito importante para a manutenção da postura e, portanto, para a integridade da coluna.

Alguns biólogos evolucionistas chegaram a cogitar a ideia de que no futuro o ser humano já vai nascer com o pescoço curvo. Depois de várias gerações olhando para o celular 24 horas por dia, a evolução natural privilegiará os humanos que nascerem com o pescoço recurvado, que poderão assim melhor tuitar ou facebookar, ou instagramar, ou qualquer que seja a rede social que exista no futuro. Mas, graças ao descarregamento das baterias, essa evolução pode não acontecer.

Preocupados com os efeitos das baterias descarregadas no ser humano, antropólogos e sociólogos realizaram uma pesquisa sobre esse assunto. A mesma pergunta foi feita em dez países diferentes, e o resultado foi idêntico em todos os lugares.

A pergunta era a seguinte:

"O que você prefere, a paz mundial ou uma bateria de celular eterna?".

Tudo bem, a paz mundial ganhou, mas 100% dos entrevistados pensaram antes de responder.

Novos programas para download

As redes sociais avançam dia a dia. A cada minuto milhões de seres humanos aderem a elas. Se bobear, já tem até cachorro de madame com Facebook próprio. Até a sua avó já posta fotos de bolos de chocolate no Instagram, e crianças de colo já tuítam, é claro que pra falar mal de alguma coisa, provavelmente sentando o pau numa marca de papinha.

E algumas oportunidades de novos programas surgem para suprir as novas necessidades dos usuários de redes sociais. Eu mesmo já pensei em vários programas que me ajudariam bastante no meu dia a dia virtual. Como eu não sei programar, aceito sociedade com algum jovem *nerd* de 16 anos para desenvolver esses APPs que bolei:

1. Um APP que, pela maneira com que o cara segura o celular, tremendo mais do que o normal ou então pelo seu suor, identifique que o sujeito está bêbado. A partir desse instante o APP trava completamente o acesso do bebum a qualquer rede social, impedindo-o de postar as bobagens que ele acha geniais quando está cheio de uca nas ideias. Fotos de privadas com a frase: "Olha só o que fiz!" nunca mais!

2. Um programa que, através de reconhecimento facial, identifique todas as fotos que seus amigos postaram com você presente e, através de um analisador de aparência, verifique se você está ou não bem na foto. Se você estiver horrível, o programa apaga a foto imediatamente. Chega de amigos postando fotos de você com cara de bunda na madrugada!

3. Um GPS que dá uma localização falsa para que você esteja sempre em locais legais e fique com fama de cara descolado e culto. Chega de "Fulano está no shopping", "Fulano está na praia". Agora vai ser só: "Fulano está na

biblioteca, "Fulano está no museu", ou "Fulano está na casa da Fê Paes Leme".

4. Sabe quando você posta uma frasezinha boba no Facebook e, quando vai ver, dois ou três caras começaram uma discussão enorme nos comentários do seu post, discussão que já não tem mais nada a ver com o que você postou e que descambou para a política ou para uma briga entre ateus e católicos ou qualquer outro assunto interminável? Então, esse programa identifica essas discussões e as substitui por anedotas. Ou por vídeos com gols do Neymar. Ou por fotos de modelos. Você escolhe.

5. Tudo bem, eu sei que na internet e nas redes sociais tudo é escrito rápido, todo mundo é apressadinho, não há tempo para acentos e maiúsculas. Eu mesmo, às vezes, dispenso esses detalhes, tropeço no teclado e esqueço letras, toda hora sai um "perái", um "facebok", mas tem certas pérolas que recebo na internet que doem na alma. Coisas como:

"gostol do jogo?"
"se viu o show?"
"Só mim faltava essa!"
"Ai, gente me polpe!"
"vou ti contar um cegredo…"
"ilario! Muito engrassado!"
"os programas da TV não são muito baos"
"não tem geito…"
"nem pençar…"
"concerteza"
"que time orivell"
"as gordas tem mais sustançia"

Por conta disso, pensei num aplicativo para iPhone ou outros desses telefones que se dizem inteligentes: seria uma espécie de corretor ortográfico especializado para redes sociais. Esse APP operaria da seguinte maneira: quando você clicasse nele, um algoritmo genial sairia corrigindo os erros de português dos *tweets* e *posts* que você recebeu e mandaria de volta para o autor uma mensagem com a frase corrigida, com todos os erros riscados e a grafia certa das palavras escrita em vermelho ao lado. Seria uma espécie de professor de português automático.

É claro que existe o risco de, se usar esse aplicativo, você passar a ser conhecido como o mala master da internet, um sujeito muito, muito chato, o pentelho que quer tudo certinho. Mas aí é só abandonar as redes sociais e se inscrever em alguma rede antissocial. Aposto que já existe.

O futuro da informática

Depois do advento dos japoneses e dos coreanos, a tecnologia avança mais rápido que taxímetro em engarrafamento ou juros do Bradesco. A cada dia surge uma nova parada que revoluciona qualquer porra e ameaça jogar a última palavra em tecnologia de ponta na lata de lixo. E logo agora que você já estava começando a entender do que se tratava! É uma conspiração mundial para transformar em sucata o seu novo laptop, que custou três meses do seu salário. Os cientistas se especializam cada vez mais, aprofundam a cada dia os seus conhecimentos, só para nós, simples mortais, acharmos que somos umas bestas quadradas.

E a cada dia eles lançam aparelhos menores. Lembram-se do tamanho do telefone celular há dez anos? Hoje o treco é mínimo e faz tudo, tem até um telefone que às vezes funciona!

Pois parece que essa é a onda, a miniaturização. Dizem que no futuro tudo vai ser míni, micro, nano, tudo minimamente mínimo. A única coisa que vai continuar grande é o meu dedo, que vai continuar gordo e eu não vou conseguir nunca mais clicar nas teclas dos aparelhos.

Além de ficarem cada vez menores, os aparelhos no futuro vão convergir e tudo vai ser uma coisa só. Uma engenhoca que vai ter tudo: tevê, internet, celular, mp-3, geladeira, fogão e vaso sanitário. E aí a vida vai ficar muito mais fácil: em vez de vários aparelhinhos que eu não sei direito como funcionam, vou ter apenas um equipamento que não terei a mínima ideia nem de como se liga!

E, na hora que eu descobrir onde ligar essa maravilha da tecnologia, não vai adiantar nada. Tudo por causa desse meu enorme e atrasado dedo gordo!

Eu não gosto de jiló

Eu sou um bom garfo, como de tudo, não sou de ter nojinho de comer coisas estranhas, encaro qualquer parada. Acho que por conta disso eu fico amigo dos cozinheiros rapidinho, eles percebem que eu gosto de comer e que estou mesmo gostando do prato que eles fizeram. Mas tem uma coisa que eu não consigo comer: jiló. Não adianta, eu não gosto de jiló. E toda vez que eu faço a besteira de revelar isso, eu escuto:

– Ah, é porque você não comeu o jiló lá de casa.

Eu tento ser educado:

– Olha, eu sei que o jiló da sua casa deve ser muito bem-feito, mas eu não gosto de jiló.

– Ah, não, mas como o jiló lá de casa você nunca comeu igual. É superbem-feito...

– Desculpa, mas é que eu não gosto nem de jiló superbem-feito.

– Ah, não? Você vai provar o jiló lá de casa, eu faço questão! Vai mudar a sua opinião – e o cara já liga pra casa, manda fazer o tal do jiló maravilhoso e já me puxa pra casa dele. Eu tento não ir, mas a insistência é grande. Então só me resta uma alternativa:

– Tudo bem, eu vou provar o seu jiló. Mas com uma condição!

– Condição? Que condição?

– Só se eu puder peidar na mesa.

– Como é que é? Tu quer que eu cheire o seu peido?

– Ah, tu não gosta? É porque tu nunca cheirou o meu peido! Eu faço questão de peidar na mesa pra você sentir o aroma...

Radical? É, bastante. Mas como me livrar do mala comedor de jiló? E por que esse empenho todo para defender o jiló? Eu não entendo isso. Eu acho que existe algum *lobby* milionário pago pelos conglomerados multinacionais, porque eu nunca vi tanta insistência em defender o jiló. Tem uns defensores do jiló que vão ainda mais longe, eles vão à Europa:

– Ah, lá na Itália, por exemplo, eles fazem um jiló que nem parece jiló. É uma coisa maravilhosa.

E eu respondo:

– Mas se nem parece jiló, pra que você quer que eu prove? Se eu for à Itália, prefiro comer outras coisas que também não parecem jiló: uma bisteca fiorentina ou uma boa massa a *pomodori*...

E por que falar tanto de jiló? Porque, para mim, jiló não é só comida. Todas as áreas têm o seu jiló:

Música sertaneja é jiló para mim, não adianta tentar me dizer que a dupla fulano & beltrano é legal, que é diferente, que nem parece sertanejo.

Ultimate fighting é jiló pra mim. Eu não consigo gostar de um esporte em que dois sujeitos enormes se agarram e se porram até sangrar.

Todos os argumentos contra o desarmamento são jiló pra mim. Qualquer ditadura, de direita ou de esquerda, da elite ou do proletariado, é jiló para mim.

No futebol, Dunga é jiló... Felipão virou jiló...

Enfim, eu não gosto de jiló, nenhum tipo de jiló!

Alguns Fla x Flus

O Fla x Flu, com todo o seu charme, suas histórias e provocações de parte a parte, me fez pensar no seguinte: o mundo é feito de Fla x Flus. Todo dia, toda hora, a gente se depara com um Fla x Flu, e tem que decidir por um dos dois. Aí você escolhe um dos lados e segue com ele pela vida. É assim e pronto.

No Fla x Flu original, eu torço pelo tricolor, já declarei diversas vezes. Mas, e nos outros Fla x Flus?

Coca x Pepsi – Coca-Cola zero.

Cerveja x Chope – uísque.

Caipirinha de cachaça ou vodca? – Estatisticamente as caipirinhas de cachaça me deram mais dor de cabeça na vida. Por isso, sou vodca.

Curintcha x Parmera – Sou carioca. Torço pro empate com três expulsos de cada lado (o mesmo para o Grenal e Cruzeiro x Galo).

Ba x Vi – Quando vi já era Ba.

Barça x Real – No clássico dos craques eu sou definitivamente Messi e Neymar.

PSDB x PT – Já simpatizei com o PSDB, já votei no PT. Hoje não encaro nenhum dos dois. Empate com três políticos corruptos presos de cada lado.

Açúcar x Adoçante – Sou gordo. Adoçante.

Esfirra x Quibe – Prefiro esfirra, tanto gastronomicamente quanto metaforicamente.

Facebook x Twitter – No Facebook, digo que é o Twitter. No Twitter, o Facebook. Só para manter o espírito da internet.

Praia x Serra – Já fui praia. Hoje gosto da serra.

Rolling Stones x Beatles – Era Beatles, virei casaca,

passei a ser Rolling Stones. Depois virei Beatles de novo e então voltei aos Rolling Stones. Amanhã posso voltar a ser Beatles.

Paul McCartney x John Lennon – Já tentei ser John Lennon várias vezes, mas, definitivamente, sou Paul McCartney.

Esquerda x Direita – Quando jovem fui de esquerda, mas já estou bem melhor. Hoje digo que sou centro-esquerda pros direitistas e centro-direita pros esquerdistas, só pra confundir.

Axé x Sertanejo – Não comprei ingresso pra esse Fla x Flu.

MPB x Rock and roll – Esse Fla x Flu é muito antigo, não existe mais por desistência de ambos os times.

Valeu, Detran!

Eu queria muito agradecer ao Detran-RJ pelo trabalho que está fazendo pela educação dos jovens brasileiros. Eu explico: no meu tempo, quando a gente ia tirar a carteira de habilitação, só precisava aprender a dirigir com um instrutor para se preparar para fazer uma prova de baliza, quer dizer, isso quando você não entrava no esquema pagou-passou, que era conhecidíssimo. Eu resolvi que não ia pagar por conta dessa minha mania de ser honesto, que não prospera muito no nosso recanto.

Fui reprovado na primeira vez e insisti em não pagar na segunda, deixando o meu examinador contrariado. Caso fosse reprovado na segunda tentativa, não sei se entraria ou não no esquema pagou-passou, mas, de qualquer maneira, acabei passando e tirei a minha carteira e o meu diploma de honesto.

Hoje a coisa mudou, não sei se ainda existe esquema pra passar, mas a prova para tirar carteira mudou. Hoje o sujeito, antes de entrar num carro da autoescola, tem que assistir às aulas teóricas para, também teoricamente, aprender as regras de trânsito. A ideia é que, já que o brasileiro é muito mal-educado no trânsito, é preciso encher o cara de aulas teóricas pra ver se ele aprende na marra. E quanto tempo dura esse curso? Dez horas? Vinte horas? Acertou quem chutou 45 horas de aula! Nem Cálculo Diferencial e Integral, matéria difícil da faculdade de Engenharia, tem tantas horas de aulas teóricas.

Se durante essas 45 horas o sujeito tivesse realmente um professor ensinando, tudo bem! Mas não é isso que acontece. As pessoas ficam na sala, só isso. Parece que, de vez em quando, surge um professor para responder às questões e tirar as dúvidas das pessoas, mas ninguém pergunta nada. Em algumas das aulas passam uns vídeos, alguns até sobre trânsito, e quem não está dormindo assiste. E o que a rapaziada faz na aula? Pois é, a maioria dorme e lê jornal. Leem muito jornal, de cabo a rabo. Alguns leem revistas e, acreditem, até livros! E assim acabam aprendendo alguma coisa, o que é bem legal neste país de tão pouca leitura. E é essa parte que eu queria agradecer ao Detran-RJ: nunca tantas horas foram dedicadas à leitura por jovens em nosso país. Então fica aqui a minha sugestão: aumentem esse tempo de aula para 90 horas e distribuam alguns livros. E depois, na hora da prova, coloquem algumas questões de conhecimentos gerais. Os novos motoristas vão continuar dirigindo mal e desconhecendo totalmente as leis de trânsito, mas pelo menos serão muito mais bem informados.

O amigo agente da CIA

O cara encontrou o amigo no bar.
– Por que você me chamou com tanta urgência?
– É que eu preciso da sua ajuda.
– Tá, o que é? Se for dinheiro, eu não tenho.
– Não, eu preciso te dizer uma coisa que você não sabe.
– Que tu é gay? Isso todo mundo sabe – o sujeito brincou.
– Não – o amigo fez uma pausa, respirou fundo e finalmente soltou a bomba. – Eu sou agente da CIA.
– Boa essa! Conta outra que essa foi legal.
– É verdade. Há anos eu estou te espionando, tô espionando todo mundo.
– Tá de sacanagem? O que tu sabe de mim que ninguém sabe?
– Sei que tu passa duas horas por dia vendo sites de sacanagem.
– Mentira. Eu... eu... não faço isso... nem sei entrar em site de sacanagem.
– Sabe, sim. E você gosta de peitudas. Preferência por latinas. E nos últimos tempos andou olhando uns sites de pornô gay.
– Só de curiosidade! – o cara percebeu a bandeira e se corrigiu. – Não! Que pornô gay o quê? Eu não fico vendo putaria na internet, não, principalmente gay – o cara fez uma pausa e perguntou: – O que mais tu sabe de mim?
– Tua conta no banco tá negativa e você tá usando demais o cheque especial...
– E tu não tem nada a ver com a minha vida financeira!
– Tá, eu só disse o que sabia...

– Cara, é verdade mesmo essa parada de tu ser agente da CIA?

– É, eu sou. Foi mal. Agora eu quero sair fora e os caras querem me ferrar. Preciso me esconder na casa de alguém. É por pouco tempo... mas eu preciso muito. Dá pra eu me esconder na sua casa?

– Caraca! Não sei... tu me pegou assim, meio de surpresa. Tu é meu amigo, mas... porra, agente da CIA?

– Ah, eu estava desempregado, os caras pagavam bem e eu topei...

– Que merda, hein! Cara, eu não vou poder te esconder... tu é da CIA! Vai pegar mal pra mim... tu tá do lado do mal, eu sou do bem...

– Mas eu tô saindo. Agora eu sou do bem, pô!

– Bom, eu tenho que pensar... Vem cá, tu sabe algum podre do babaca do Carlão?

– Sei. E também do seu chefe e daquele cara que roubou a tua namorada também.

– Sabe mesmo? Quanto tempo você precisa ficar lá em casa?

Enquanto isso, no restaurante...

– Tudo bem, doutor? Eu vi no cartaz ali na porta que vocês estão procurando garçons...
– Sim, estamos precisando, sim.
– Bom, eu sou garçom e queria me candidatar. Já trabalhei em diversos restaurantes conhecidos como garçom. Posso mostrar as cartas de recomendação e...
– Você sabe tirar fotos?
– Eu sei servir mesas, tenho muita experiência em servir qualquer tipo de prato, posso trabalhar no almoço, no jantar e até posso ajudar na cozinha...
– Sim, sim, mas você sabe tirar fotos?
– Fotos?
– É, sabe fotografar?
– Sei... quer dizer, é só apertar o botão.
– Não, precisa enquadrar, saber mexer na máquina, você sabe?
– Eu conheço muito de vinho, fiz curso de *sommelier* e...
– Sabe tirar fotos com celular? Sabe pegar um iPhone e fotografar? E Samsung? Sabe mexer no Instagram?
– Sei lá... mas eu sei carregar vários pratos na bandeja, nunca quebrei um prato em toda a minha carreira.
– Legal. Mas o importante para o garçom hoje em dia é saber fotografar. O que o cliente quer mesmo quando chega ao meu restaurante é posar com os amigos para postar uma foto nas redes sociais. E quem é que vai tirar essa foto?
– O garçom.
– Exatamente. Essa é a principal função de um garçom hoje em dia.
– Então, o senhor sabe fotografar?

– Sinceramente, doutor? Mais ou menos.
– Então, desculpe, mas nós não vamos poder contratá-lo.

Cena de ação

Diálogo entre um casal de bandidos num filme ou série brasileira:
— Aonde você vai?
— Vou sair.
— De ônibus?
— Não, vou de carro.
— Não, por favor, não entre nesse carro!
— Por quê? Qual é o problema com o meu carro?
— O problema é que é um carro velho.
— E daí? Você se interessa por carros?
— Não, mas eu sei que esse é um carro velho. Não é?
— É, é velhinho, sim, é um Passat bem antigo, eu acho.
— Você não sabe?
— Não, eu roubei esse carro.
— Você é bandido, do mal, rouba pra viver, mas, na hora de roubar um carro, o máximo que consegue é esse carro velho?
— Ele anda, pra mim basta. Qual é o problema?
— Tá na cara. O bandido sai de casa com um carro velho, o mocinho está à espreita no seu carro, ele vê o carro do bandido, começa uma perseguição...
— Tudo bem, eu sou bom no volante.
— Eu sei. Aí você percebe o carro te seguindo e consegue fugir. Os carros seguem numa cena de perseguição, curvas complicadas, cantadas de pneu, seu carro raspa em um ônibus, o carro do mocinho tira um fino de um caminhão, mas só tem um detalhe... o carro do mocinho é novinho, bacana pra caramba, os produtores conseguiram numa permuta, e o seu...

– Um Passat 98.

– Exatamente.

– Ahhh!

– Agora você entendeu, não é?

– Entendi. O meu carro velho é o que vai capotar, cair numa ribanceira e explodir.

– Claro! Ou você acha que eles têm verba pra explodir um carro bacana?

– Tá certo. Eu vou de ônibus. Obrigado.

Debate matrimonial

MEDIADOR– Os senhores conhecem as regras do debate. Nesta primeira parte, cada cônjuge fará uma pergunta ao outro, que terá dois minutos para responder. Depois haverá direito a um minuto de réplica e um minuto para a tréplica. Ok? Alguma dúvida? Então vamos dar início ao debate. Por sorteio, a primeira pergunta é da esposa.

PERGUNTA – O marido poderia dizer por que chegou tarde ontem e ainda por cima cheirando a cachaça?

RESPOSTA – A esposa está manipulando os fatos. Eu não cheguei tarde, não era nem meia-noite. E só bebi um chope. E a minha saída tinha razão: eu fui à festa de despedida de um colega de trabalho.

RÉPLICA – Eu fico estarrecida com as mentiras do marido. Quem bebe um chope não chega em casa tropeçando em tudo pelo caminho. E não vomita as tripas no banheiro.

TRÉPLICA – A esposa está exagerando e quer esconder a verdade. Acha que eu não reparei que a esposa estava dormindo com maquiagem, o que mostra que também saiu e sabe-se lá aonde foi. Diz aí, aonde a esposa foi que precisava se maquiar? O povo desta casa exige uma explicação e...

MEDIADOR – Marido, seu tempo acabou. O senhor pode fazer a próxima pergunta, por favor.

PERGUNTA – Ok. Bom, as finanças desta casa passam por um momento delicado. A conta do cartão de crédito ultrapassou a meta há muito tempo. Eu queria saber uma coisa: pra que a esposa precisa de tantos sapatos e bolsas novas?

RESPOSTA – O dinheiro gasto por mim destina-se às contas da casa. Eu tenho aqui o extrato do cartão:

supermercado, açougue, academia de ginástica do filho, curso de inglês da filha... mas um item chama minha atenção... seis garrafas de vinho francês... eu não bebo vinho... o senhor pode explicar isso?

RÉPLICA – Certamente esse não é o maior gasto da conta. A esposa está escondendo as informações da conta do povo desta casa. Eu soube que só no mês passado foram gastos 2 mil reais em vestidos novos que, provavelmente, nunca serão usados.

TRÉPLICA – Vestidos que são comprados pela esposa para comparecer às festas chatas, com pessoas chatas, da empresa chata do marido!

MARIDO – Empresa chata que paga o salário chato que sustenta essa casa!

ESPOSA – Eu também trabalho, mas pra você isso não conta, né? Eu também boto dinheiro nessa casa e...

MEDIADOR – Senhores, por favor, o senhor não tem mais direito a tréplica! Por favor! Eu pediria que o marido e a esposa parassem de discutir e... Por favor!

Spam... spam... spam...

Todo mundo recebe spams. Eu recebo um monte por dia. Recebo pelo menos uns dez "Enlarge your penis" todos os dias, além de outros spams me acusando de ter pau pequeno. Recebo várias promoções de Viagra, Cialis e outros remédios espalhando por aí que talvez eu seja brocha. São cacetadas de e-mails com truques que vão me ensinar como me dar bem, ganhar dinheiro e ficar milionário, desde que eu dê uma grana para que o autor do e-mail se dê bem e fique milionário. Fora a enxurrada de promoções incríveis, sensacionais, imperdíveis. Compre, compre, compre, compre com desconto, compre com mais desconto, compre com mais desconto ainda, seu pobre!

Outro dia eu recebi um spam inusitado. Vinha de um senador americano, o nome dele é John Cornyn e, ao que parece, ele estava pedindo o meu voto nos Estados Unidos. Mesmo que eu morasse lá, imagine se eu votaria num cara que me acusa de ser texano e republicano! Fala sério! Deletei!

Além dos spams gerais, existem os pessoais, aqueles que são voltados especialmente para você, seus *personal* spams. Eu recebo tantos que comecei a dividi-los por categoria:

– Tem o spam tricolor. Como sou torcedor do Fluminense, entrei numa lista de tricolores. São milhares de spams tentando me vender a última camisa retrô do Flu, ingresso antecipado pro jogo do Fluminense em Quissamã ou informativos do Fluminense com os últimos boatos de contratações que, é claro, nunca vão se concretizar.

– Tem o spam bancário, e-mails que chegam dos bancos em que tenho contas ou que já tive contas há vinte anos ou que um dia pensei em abrir uma conta. São propostas pra colocar minha grana em fundos de investimentos sensacionais e inovadores que talvez não me deixem mais rico, mas certamente deixarão o dono do banco mais bilionário do que já é.

– Tem o spam lojista: você compra uma vez na loja e ela te retribui enchendo a sua caixa postal com ofertas de descontos pelo resto da vida ou lembrando que já saiu a última coleção. Ainda se fosse a coleção de figurinhas da Copa, mas é só roupa!

– Tem os spams de cursos. Há algum tempo frequentei umas aulas numa dessas casas dos saberes, com cursos e palestras para adultos que acham que ainda podem aprender alguma coisa. A partir daí, comecei a receber a cada hora uma proposta de um curso novo: saraus literários, encontros filosóficos, aulas incríveis em que eu finalmente vou entender alguma coisa que *Nietsche* escreveu ou até mesmo como se escreve o nome desse filósofo corretamente.

– Tem o spam cultural, milhares de convites diários para você ver (pagando, é claro) peças em cidades a 800 quilômetros de onde você mora, shows de grupos incríveis que vão fazer muito sucesso, principalmente nessa cidade longe pra cacete da sua casa.

– Tem o spam religioso: alguém descobre a sua religião, e a partir daí você recebe e-mails diários de grupos religiosos te chamando para rezar ou aprender algo sobre a religião e, pior, se você deletar, pode até ser castigado por Deus!

Dizem que é possível evitar receber tantos spams, que basta marcá-los e eles vão direto para a lixeira automaticamente, mas a verdade é que não adianta. Os spams são muito espertos, eles são ariscos. Eles são quase seres vivos que se adaptam a todas as adversidades e acabam sempre voltando para o seu habitat natural: as nossas caixas de entrada.

Enfia essa bandeira...

Se já é difícil entender o que leva uma pessoa a ser juiz de futebol, imagine o cara que está lá só para auxiliá-lo! O bandeirinha é aquele sujeito que entra em campo com uma bandeirinha na mão, para fazer cumprir a lei mais difícil de fiscalizar do mundo: a lei do impedimento.

Para conseguir acertar todas as marcações de impedimento, o bandeirinha precisaria ter, além da bandeira, um olho biônico, que conseguisse ver dois pontos ao mesmo tempo, o que os humanos ainda não conseguem. Nunca na história um bandeirinha acertou 100% de suas marcações. Quando ele acerta metade das marcações de impedimento em um jogo, já dá para se considerar que ele fez um bom trabalho. Já pensou, o engenheiro acertando só metade das obras? O médico acertando metade das operações? E, além disso, o bandeirinha ainda tem que encarar um ex-juiz que fica lá na cabine de TV assistindo a 500 videoteipes do lance e que, depois de verificar a jogada por todos os ângulos possíveis, dá o seu veredito:

– Pela imagem dessa quinta câmera eu consegui ver que o atacante não estava impedido, portanto o bandeirinha errou feio! Um erro clamoroso!

E a galera, que já estava reclamando, apoia o comentarista:

– Bandeirinha burro! Ladrão! Comprado! Mercenário! Enfia essa bandeira no rabo!

Aliás, cabe aqui um comentário: quando a torcida, irritada com o árbitro, manda ele enfiar algo numa área recôndita de sua anatomia, é o apito que ela quer que ele use. Já o bandeirinha não, ele tem que encarar a bandeira, que, convenhamos, deve doer bem mais que um pequeno apito.

E depois do jogo, quando entrevistarem o juiz e o questionarem sobre o gol mal anulado, o que ele vai dizer?

– Eu segui a orientação do meu auxiliar, que levantou a bandeira.

O coitado do bandeirinha é que vai levar a culpa. Logo ele, que tinha que decidir em uma fração de segundo se, ao traçar uma linha imaginária paralela à linha de fundo, o corpo do atacante, ou apenas um pedaço da perna, ou um fio de cabelo estava dois centímetros na frente do corpo de um defensor ou não. Não tem *replay*, não tem computador congelando a imagem e traçando uma linha amarela, não tem cinco ângulos diferentes.

E digamos que o tal bandeira estivesse mesmo mal-intencionado, se ele quisesse ganhar uma graninha extra. Quem ia comprá-lo? Porque os corruptos não vão gastar dinheiro com bandeirinha. Se eles quiserem comprar alguém, vão comprar o juiz, que é quem manda. Conclusão: o bandeirinha não é protagonista nem na corrupção, até nisso ele tem que ser auxiliar.

Será que a internet emburrece?

Tá meio na moda dizer que a internet emburrece. Alguns estudiosos do assunto, doutores em internet e coisa e tal, afirmam que surfar pela internet pode fazer com que a pessoa não se prenda a nada, não se concentre em porcaria nenhuma, e assim o cérebro acaba atrofiando. Mas será que os cientistas não levaram a sério demais a palavra "surfar"? Só porque o cara surfa na internet, ele vai se comportar como um surfista? Então, se o internauta acaba virando um surfista, por que os *nerds* que vivem na internet não pegam um monte de mulheres como os surfistas?

Agora imagine se não existisse internet, o que essas pessoas que ficam passeando de um site para o outro a esmo, e, segundo os cientistas, ficando mais burras a cada minuto, estariam fazendo? Na certa elas não estariam lendo romances clássicos, estudando filosofia ou discutindo política. Provavelmente não fariam porra nenhuma! Alguns rapazes estariam jogando videogame ou dando em cima da vizinha, algumas meninas estariam desfilando roupas diante do espelho, as pessoas veriam TV em vez de ficarem na internet, alguns iam fumar maconha... E os surfistas estariam surfando e se dando bem com a mulherada!

Será que faz mal ficar o dia inteiro nas redes sociais espalhando fotos de gatinhos fofinhos para tudo que é lado? Será que uma pessoa emburrece se ficar tuitando o que está fazendo a cada minuto, coisas como: "agora eu vou ao banheiro", "fiz o número 2", "ih, tava mole"? Neste caso específico, eu posso garantir que ela não emburrece, porque a pessoa que se comporta assim na internet não tem como ficar ainda mais burra.

Eu mesmo, que me considero um sujeito normal, de inteligência pelo menos mediana, às vezes fico preocupado. Principalmente quando percebo que estou há mais de uma hora na internet e que, nesse período, já caí em umas oito pegadinhas do Mallandro, já assisti vinte vezes ao último *meme*, um vídeo idiota de algum idiota fazendo idiotices, já soube tudo que aconteceu ontem no Leblon com o galã de Malhação e já li três vezes a última teoria conspiratória garantindo que os ETs controlam a Terra desde o início do século XX. Nesse momento eu paro e me pergunto: será que a internet está mesmo derretendo o meu cérebro? Então eu resolvo pesquisar no Google sobre isso e acabo descobrindo que os cientistas já estavam quase concluindo que a internet torna mesmo as pessoas mais burras, quando eles pararam para descansar e começaram a ver um vídeo viral que estava bombando na internet mostrando um bebê fazendo caretas. Os cientistas acharam o vídeo muito engraçado e logo partiram para assistir a outro vídeo viral e mais outro, e aí entraram no Facebook, postaram fotos de gatinhos e foram para o Twitter... Resultado: ainda não tiveram tempo para concluir se a internet torna mesmo as pessoas mais burras ou não.

Rindo nas redes sociais

Há alguns anos, quando me disseram que existiam essas tais redes sociais, eu resolvi entrar nessa parada. A primeira rede social em que entrei acho que foi o Twitter. Postei umas babaquices, frases engraçadas, piadas, e logo começaram a chegar comentários. Então me deparei com um comentário em que o cara escreveu "lol". Não entendi e segui adiante, mas logo outros "lol" chegaram. Eu fiquei um tempão matutando: o que é isso? Saquei que escreviam "lol" quando eu postava algo engraçado; seria uma onomatopeia? Mas que som é esse "lol"? Será que "lol" é uma representação de um cara com as duas mãos pra cima? E por que ele colocaria as mãos para cima quando algo fosse engraçado? Aí me explicaram: "lol" é "laughing out loud" – os americanos usam para dizer que acharam alguma frase engraçada e nós copiamos. Mas por que os brasileiros têm que escrever "laughing out loud" se a piada não é em inglês?

Então descobri que existe uma infinidade de maneiras de dizer que uma piada foi legal. Alguns traduzem o americano "lol" e colocam "Ri alto". E então juntam e escrevem "rialto". É melhor, pelo menos é em português, mas acho estranho. Quem não quer usar o "lol" ou o "rialto", pode apelar para o "ririri" ou "réréré". Tem ainda o "rárárá", o "rsrsrs" e o "kkkkk". Pelas minhas pesquisas pessoais, a forma mais usada no Brasil é "kkkkk". Mas por que o K, letra que quase não é usada na nossa língua? Tudo bem, eu entendo que escrever "cácácá" é meio ridículo, e "quá-quá-quá", meio infantil, mas então como fazer? Alguns usam o "hahaha", mas dá a impressão que o cara tá rindo sem fazer som, só mexendo a boca. Tem gente que, quando acha algo engraçado, escreve "achei engraçado", rápido, direto, mas muito sisudo, parece que o cara pensou em rir, mas desistiu. Existem outras formas: "rachei o bico", paulista demais, "esporrante", carioca demais. E tem também o "shushushaha" ou algo assim. Acho que o cara escreve isso querendo dizer que riu tanto que deu uma esguichada de cuspe. É a única explicação.

Mas a forma que mais me intriga, e que é muito difundida, é o "rsrsrsrs", que dizem que é abreviação de "risos risos risos", mas acaba virando um troço meio estranho. Quem é que ri assim, "rsrsrsrs"? Parece um rato roendo queijo! Não entendo, o cara acha uma coisa engraçada e fica com vontade de roer um queijo? Rsrsrsrs!

Mas, tudo bem, acabo entendendo o "kkkkk", aceito o "rsrsrs", tolero o "lol", me conformo com o "rialto", me sujeito ao "hahaha" e todas essas outras formas de rir no Twitter, no Facebook ou em qualquer rede social. Mas a conclusão que tiro é que, definitivamente, ainda não se encontrou a forma genuinamente brasileira de rir nas redes sociais. Ou será que existe?

Coisas que não sei fazer

Outro dia eu estava caminhando pela Lagoa, quando passou por mim um cara andando de bicicleta sem as mãos. Taí um troço que me deixa puto. Pra que andar sem as mãos se tem um guidão ali pra você segurar? A resposta é óbvia: só pra me sacanear. Só porque isso é uma coisa que eu nunca consegui fazer. Andei de bicicleta pra cacete quando era adolescente, subia e descia ladeira, andava quilômetros todo dia, mas nunca, NUNCA consegui andar sem as mãos, uma frustração de infância.

Aí fiquei pensando em outras coisas que não sei fazer, além de andar de bicicleta sem as mãos.

Assobiar – Não sei. Tentei a vida toda, pedi para um monte de gente me ensinar, mas nunca consegui emitir nenhum som. E tenho uma puta inveja daqueles caras que colocam um dedo na boca e dão um apitão que acorda até defunto.

Surfar – Não sei. Na verdade, nunca tentei, preferi ficar falando mal dos surfistas, dizendo que eram burros, enquanto eles pegavam o mulherio todo.

Andar de skate – Nunca subi em um skate e nunca senti falta. Isso me deixa tranquilo para achar que esses caras com mais de 40 anos, que no fim de semana vão para a orla andar de skate para tirar onda de garotões, são uns babacas.

Andar de patins – Também não sei. Nem de rodinha, nem aquele no gelo. Não sou desses caras que patinam no Central Park em Nova York. E acho que macho que é macho não pode ficar patinando e rodopiando com as mãozinhas pra cima.

Jogar tênis – Tentei jogar tênis uma vez, cheguei a fazer uma aula, mas o professor ficava jogando a bolinha e eu furava. As que conseguia acertar eu zunia na vizinhança. Achei um saco, ia demorar demais pra virar o Roger Federer. Desisti.

Jogar golfe – Não passei do golfinho, que é coisa de criança. Golfe, aquele esporte de milionário, eu nunca tentei. Acho o campo de golfe um desperdício de espaço. Quando vejo aquele gramadão verdão, fico logo pensando em quantos campos de futebol daria pra fazer naquele lugar.

Jogar truco – Nem sei do que se trata. Só sei que é um jogo de cartas que paulista gosta, que as pessoas ficam gritando frases estranhas quando jogam e que parece que vale roubar. Será que é um jogo para deputados?

Dar estrela – Cambalhota eu sei dar, ou sabia, nunca mais tentei. Estrela eu nunca soube. Acho maneiro, mas não pretendo mais tentar aprender. Até porque, com o meu peso, eu seria certamente uma estrela cadente.

Cozinhar – Não aprendi. Só conheço uma receita, a de pizza: pegar um telefone, discar o número de uma pizzaria e pedir a gosto.

O mistério dos vestidos de noiva

Os homens não entendem quando duas mulheres se encontram e ficam horas comentando sobre as roupas das outras, às vezes até mais tempo do que os homens se dedicam a falar sobre a Libertadores da América. Como elas conseguem?

Eu não reparo muito em roupa de mulher. Acho que poucos homens o fazem. O olhar do homem vai em geral para onde a mulher não tem roupa. A coisa funciona assim: a parte da roupa que tem pano foi feita para agradar às próprias mulheres, e a parte que falta pano é para a apreciação dos olhos masculinos. E quando a mulher vai a um lugar chique e a etiqueta diz que ela tem que usar um vestido longo? Nessas ocasiões, o olhar do homem se adapta e trabalha de uma maneira um pouco diferente: já que o corpo da mulher está todo coberto de roupas, então sobra para o homem olhar para onde estiver mais apertado. Em algumas ocasiões o apertado pode até ser melhor que o sem pano, dependendo do aperto a que a mulher se submete.

Mas uma coisa sempre me intrigou muito nessa relação das mulheres com as roupas: os vestidos de noiva. Não entendo por que, quando vão a um casamento, as mulheres ficam tão excitadas e ansiosas esperando a noiva chegar para ver como elas estão em seus vestidos de noiva. E entendo menos ainda seus comentários quando a noiva finalmente resolve aparecer:

– Ai, que noiva linda!
– Como ela está maravilhosa!
– Que vestido espetacular!

Algumas chegam às lágrimas, emocionadas e sonhando em se vestir daquele jeito um dia.

Pois eu confesso: nunca achei as noivas lindas. Nem bem-

-vestidas. É pano demais! A moça ali coberta por quilômetros de pano branco, e ainda tem o véu, e renda branca, mais uma cacetada de outros tecidos brancos complementando. E cauda! Pra que cauda? O que se faz com uma cauda? Vestido de noiva é quase uma burca. O que as mulheres veem de lindo naquele vestido?

Se você prestar atenção, vai reparar que nenhum olhar masculino está dirigido à noiva. O que os homens comentam uns com os outros em um casamento?

– Tu viu a irmã da noiva?
– Sacou a madrinha?
– Viu a tia? Coroa enxuta!

Até no casamento real, o mais glamouroso do século, quem fez sucesso foi a irmã da noiva. Só se falava da Pippa, a maninha real. Ninguém falou muito da princesa Kate, que é a maior gata, mas não com aquele monte de pano branco em cima.

Muito bem, já falamos bastante de roupa de mulher, podemos voltar a falar do que interessa: a Libertadores da América.

As mais novas profissões de futuro

Antigamente existiam poucas profissões. Quando um jovem tinha que escolher a faculdade que ia fazer, as opções eram apenas: engenharia, medicina, direito e "outros". E se o cara escolhesse "outros", os pais cortavam a mesada. Hoje em dia isso mudou. Sempre surge uma nova profissão de futuro no mundo. São tantas novas profissões que quando o tio mala se aproxima de uma criança e pergunta:
– O que você vai ser quando crescer?
A resposta que ele escuta é:
– Deixa de ser burro, tio. Eu vou ter uma profissão que ainda não existe!
São milhares de novas profissões que surgem a cada minuto. Olhe só, por exemplo, estas três profissões que apareceram há pouco tempo no Brasil:

Palpiterapeuta
Com os hospitais cada vez mais lotados e a falta geral de médicos de todas as especialidades, desenvolveu-se essa nova forma de tratamento, que ficou conhecida como palpiterapia ou terapia do palpite. O palpiterapeuta não precisa ter diploma de medicina, de enfermagem ou qualquer outro; basta ter vontade e gosto por dar palpites. O método terapêutico recomendado pela palpiterapia é simples: primeiro, vários palpiterapeutas se juntam em volta do paciente, e então eles começam a dar as suas opiniões:
– Ih, mermão, parece que é dengue.
– Dengue? Não, isso deve ser tuberculose. Tá dando muito por aí.
– Peraí, com esses olhos fundos só pode ser meningite.

– Eu tenho um primo que enfartou e começou assim.
– Dá esse remédio homeopático pra ele que isso cura tudo.
– Não! Dá esse floral que é ótimo!

As experiências já realizadas pelos palpiterapeutas do mundo todo têm apresentado índices de cura estupendos. Dez entre dez pacientes levantam rapidinho da cama e começam a gritar:

– Calma! É só uma gripinha de nada! Eu já estou legal, eu já tô legal! Valeu mesmo, hein!

Chutometrista

A chutometria é um ramo recente da economia, desenvolvida para auxiliar alguns economistas muito ocupados a calcular índices econômicos sem muita perda de tempo. Nessa nova tendência das ciências econômicas, é fundamental o uso de um instrumento denominado MEDIDOR ALEATÓRIO DE ÍNDICE ECONOMÉTRICO OU CHUTÔMETRO. O Brasil já detém a tecnologia para a fabricação desse instrumento, e nossos técnicos já vêm se utilizando dessa ciência para medir vários índices. O chutômetro é um pequeno cubo onde são inscritos, em cada uma das seis faces, números diferentes, variando de 1 a 6. Um chutometrista deve inserir o instrumento dentro de um copo, saculejá-lo duas ou três vezes e despejar o chutômetro em uma superfície lisa. O índice econômico a calcular será o número indicado pela face que cair para cima.

Picaretomante

Também no ramo das ciências ocultas, novas profissões têm aparecido todos os dias. Uma das mais novas representantes desse boom do esoterismo é a PICARETOMANCIA, sucesso enlouquecedor na Europa. Trata-se da leitura de contas correntes. O mestre picaretomante, após um ritual satânico feito com notas de cem dólares cedidas por seus seguidores, começa a ler saldos de contas bancárias. A leitura é feita de uma maneira extraordinária e quase inacreditável. O mestre senta-se na frente do iniciado e entra em transe. Nesse momento, o iniciado deve lhe fornecer o seu talão de cheques. O mestre abre o talão e sai emitindo cheques que são assinados pelo iniciado. O mestre não para até acertar o valor exato do saldo bancário do iniciado. Reza a tradição que todos os cheques preenchidos cujo valor não coincidir com o saldo bancário devem ser depositados na conta particular do mestre, sob pena de uma catástrofe sem precedentes se abater sobre o iniciado e suas cinco próximas gerações.

Mas tem profissão antiga que nunca sai de moda no Brasil. Ser político, por exemplo, é sempre uma boa por aqui. E nesse caso nem é preciso se preocupar em fazer ENEM. A única vantagem que o político teria por fazer faculdade é o direito a prisão especial, mas pra que fazer esse esforço se deputado tem imunidade?

Anote o número do protocolo

Por favor, antes de começar a ler este texto, anote o número do seu protocolo de abertura: 85697412446646953.

Toda vez que eu ligo para algum serviço de reclamações ou urgências de qualquer empresa acontece sempre a mesma coisa. A luz acabou, o telefone ficou mudo, a TV a cabo saiu do ar, não importa, você liga e qual é a primeira coisa que a atendente faz? Ela pede para você anotar o número do protocolo de atendimento. Durante muito tempo eu anotei esses números e guardei. Tenho até hoje um armário entulhado de papeizinhos com números de protocolo extensíssimos aguardando para serem usados.

Por favor, antes de continuar a leitura, anote o número do seu protocolo de continuação: 45212557824454183211812.

Então, o que acontece em seguida? O serviço não é realizado e eu ligo de novo, e, assim que sou atendido, o operador pede para eu anotar, por favor, o número do protocolo. Eu digo que já tenho, mas ele diz que há um novo, e lá vem mais um gigantesco número pra anotar. Depois de todo o tempo decorrido para o atendente ditar o meu novo número de protocolo, eu consigo enfim dizer qual é o meu problema. Isso quando a ligação não cai no meio do ditado do protocolo. Mas quando eu estou num dia de sorte e consigo dizer qual é o meu problema, existem dois tipos de informação que eu consigo:

– Sua reclamação foi anotada.

Ou:

– O serviço já está sendo realizado.

Eu insisto:

– Você não consegue me dar um prazo, me dizer se

o meu telefone (luz, TV a cabo, internet) vai voltar em uma hora ou um dia?

– Não temos essa informação, senhor. Por favor, anote o número do protocolo.

E lá vem mais um extenso número que eu finjo anotar.

Antes de ler o último parágrafo, por favor, anote o número do protocolo de encerramento: 451245484667887461637 9545.

Para que serve esse número? Antes que alguém tente me falar, eu vou logo dizendo que não acredito nessa explicação! Para mim, esse número só serve para ocupar o tempo do atendimento. Se o atendente não tivesse que dar o número do protocolo, ele seria obrigado a dar algumas das informações que você quer e que ele nunca tem!

Antes de fazer qualquer comentário sobre este texto, anote, por favor, o número do protocolo: 45984124154454464 6313578913313545678651133.

Obrigado, senhor!

Assistente virtual

Ligar para qualquer prestadora de serviço, telefônicas, bancos etc. para reclamar ou pedir qualquer coisa virou uma maratona. Mas agora existe uma novidade. Quando você liga, quem atende é a voz gravada de um sujeito simpático e prestativo falando. Ele logo lhe fornece um menu com uma lista interminável de opções de coisas que você não quer. Você só deseja explicar para alguma pessoa de verdade qual é o seu problema, o que só se consegue umas duas horas ou trinta menus de opções depois.

Pois eu resolvi entrar nessa também. A partir de agora, o Robson, o assistente virtual deste livro, é que vai assumir o texto. Tchau!

"Olá! Eu sou o Robson, o assistente virtual deste livro, e vou ajudá-lo enquanto você estiver por aqui. As opções que vou lhe dar agora eu chamo de menu principal. Ouça atentamente todas elas e escolha a que preferir:

Se você quiser esperar o Beto Silva voltar a escrever o livro, digite 1.

Se você quiser fazer isso ouvindo uma musiquinha insuportável, digite 2.

Se quiser ficar me xingando porque está esperando escutando uma musiquinha insuportável, digite 3.

Se quiser que eu conte uma piada velha enquanto espera, digite 4.

Se quiser esperar escutando a Hora do Brasil, digite 5.

Se quiser deixar o livro de lado e ir assistir ao primeiro tempo de Baraúnas x Luverdense pela quarta divisão do Campeonato Brasileiro, digite 6.

Se quiser pedir para a sua vó esperar no seu lugar, digite 7.

Se não tiver problema em esperar você mesmo até o cu fazer bico, digite 8.

Se deseja fechar o livro, digite 9.

Se quiser ouvir a próxima opção, digite 0.

Se quiser digitar estrela, digite *.

Se quiser falar com um de nossos atendentes... – rárárá – bom, se você insiste mesmo em falar com um de nossos atendentes ...- rsrsrs – É isso mesmo? Você quer falar com um de nossos atendentes? Ih, meu irmão, você se ferrou! Porque não tem mais dígitos pra usar! Rárárá!

Ah, sim, antes de desligar, por favor, anote o número do protocolo: 1325339816y78621821ksjdlewoid2966 8268245890.

E obrigado por ler este livro."

Políticos corruptos anônimos

Alguns políticos ficaram realmente preocupados com a situação crítica do país e resolveram tomar uma atitude drástica. Chegaram à conclusão de que eram viciados em corrupção e formaram um grupo de apoio mútuo: Os Políticos Corruptos Anônimos. Sentaram-se em círculo numa sala e a sessão começou. Um político abriu a reunião:

– Sejam bem-vindos ao grupo Os Políticos Corruptos Anônimos. Como eu já me sinto curado desse terrível vício, eu vou ser o coordenador do grupo. Quero dizer que aqui todos serão bem recebidos, e nós vamos tentar seguir os tradicionais 12 passos para acabar com o vício da corrupção. Alguém quer dar algum depoimento?

Os políticos se entreolharam e um deles resolveu falar:

– Bom, na verdade, eu só vim aqui para pegar umas dicas.

– Claro! – o coordenador do grupo falou. – Uma dica que eu posso te dar é que esse processo vai ser difícil e demorado...

– Não, eu tô atrás de outro tipo de dica. É que todos aqui vão contar seus casos de corrupção, e vai que eu descubro alguma oportunidade de negociata nova...

Outro político o interrompeu:

– Eu queria dizer que eu conheço esse cara! – ele apontou para o coordenador do grupo. – Eu conheço ele de uma mamata no Ministério...

– É, eu realmente participei de uma jogada no Ministério – o coordenador do grupo admitiu –, mas estou aqui justamente porque consegui me livrar desse vício.

– Você devolveu o dinheiro que roubou?

– Bom, na verdade, não... eu ainda não devolvi, mas passado é passado, certo?
– Quanto tu vai me dar pra eu não sair espalhando isso pros jornais?
– Que é isso, amigo? Nós estamos num grupo de apoio, tudo que é falado aqui deve ser mantido aqui.
– Eu fico quieto se você diminuir esses tais 12 passos para dois passos.
– Não dá. Os 12 passos são tradicionais e...
– Dois e não se fala mais nisso!
E assim foi. O político passou pelos dois passos rapidamente e em três sessões já se sentiu curado. E está espalhando por aí que é um ex-corrupto e coordenador de um novo grupo de políticos anônimos. É ótimo pra se conseguir umas dicas boas.

E finalmente... os finalmente

Tá, eu confesso que todo dia eu leio o meu horóscopo no jornal, mas esqueço dois minutos depois. Não me lembro de nenhuma previsão que o horóscopo fez que deu certo. Nem errado. A única vez que algo desse tipo deu certo comigo foi com o nhoque da sorte. Era dia 29 e, como reza a tradição, coloquei um dólar debaixo do prato no almoço e no final da tarde surgiu uma grana inesperada. Eu me entusiasmei. Mas nem por isso pensei em virar um guru-nhoquista-da-sorte e sair pelo mundo numa cruzada pregando que o nhoque da sorte é a cura de todos os males.

Malfeito é quando uma armação é tão bem-feita que ninguém consegue chamar de falcatrua.

No dia que lançarem um livro de autoajuda chamado "Só venci na vida porque dei uma tremenda cagada", eu compro.

Existe algo mais dentro da caixinha hoje em dia do que falar "pense fora da caixinha"?

Acho meio babaca falar "pronto, falei!". Pronto, falei!

Uma coisa é certa: nada é simples na vida. Simples assim.

Toda vez que alguém começa uma frase com "com todo o respeito...", lá vem desrespeito!

Vidente é aquele cara que vive de falar *spoilers*.

– Você começa suas frases com então?
– Então... acho que não, nunca reparei.
– E fala muito "véio" e "tá ligado" para parecer jovem?
– Então, véio, eu não acho que um cara precisa falar como jovem para parecer mais jovem, tá ligado?

É duro escrever romance policial no Brasil. No livro americano, o detetive pede um exame de DNA e dois dias depois chega o resultado. No Brasil, quando ele receber o resultado, se receber, o crime já prescreveu.

Andando pela zona sul do Rio, percebi um fenômeno: a quantidade de jornaleiras, mulheres, trabalhando nas bancas de jornal. Muito legal esse avanço feminino, e graças a Deus que isso acontece agora, nestes tempos de internet. Se acontecesse há trinta anos, ia destruir a vida sexual de milhões de adolescentes. Qual moleque teria coragem de perguntar pra uma mulher jornaleira se tem revistinha do Carlos Zéfiro?

Questões do século XXI
O dilema do pulso:
A moça chega à porta do camarote e é abordada por dois rapazes, um com um Rolex no pulso e outro com uma pulseirinha ultra-high-VIP para o camarote. Qual pulso ela deve escolher?

Toda vez que eu vejo uma dessas novas propagandas de cerveja, logo penso: será que se eu tomar bastante cerveja vou ficar imbecil como esses caras?

Existia uma revista de fofocas que se chamava *Istoé Gente*. Já pensou se tivessem colocado um ponto de interrogação nesse título?

Novo *reality show* – Vinte lutadores de MMA tendo que ler vários livros e debater o conteúdo até sobrar apenas um.

Descobri que o tchá, o tchê e o tchu já foram muito usados nas letras das músicas atuais, mas o tchi e o tchô, não. Quem quiser fazer sucesso, aproveite a dica!

Será que o ideal de beleza feminina de hoje em dia é mesmo ter as pernas de um zagueiro do Vasco?

Existem várias lendas que correm pela internet, e eu não acredito em quase nenhuma, mas uma delas me impressionou bastante. Dizem que os engenheiros da Apple, geniais como sempre, desenvolveram uma tecnologia que faz com que, depois de uns seis meses de uso, um óleo comece sutilmente a vazar de dentro do iPhone.
O aparelho vai ficando escorregadio, e o dono, sem saber o motivo, começa a deixar o telefone cair no chão várias vezes por dia achando que está com a mão furada, até que, depois de algumas quedas, o iPhone finalmente cai de um jeito tal que a tela se espatifa toda. Como o conserto é caríssimo, vale mais a pena comprar o novo modelo que a Apple acabou de lançar. Mas parece que isso é só uma lenda...

Dizem que o Zuckerberg comprou quatro casas ao lado da dele para ter mais privacidade. Ô, Zuckerberg, quer mais privacidade? Sai do Facebook!

Uma das mensagens que mais se veem no Twitter é de gente oferecendo métodos para ganhar seguidores. Clique no link tal e ganhe tantos seguidores, pague tanto e consiga *trocentos* seguidores... Quer ganhar com certeza mais de 2 mil seguidores num instante? Vai com uma camisa verde na torcida do Corinthians!

Em toda a história da humanidade, a frase "essa alface tá muito gostosa!" só foi pronunciada por magros.

Nenhum gordo, por mais gordo que seja, se autointitula gordo, ele é sempre gordinho.

Está comprovado: pessoas saudáveis falam mais sobre vida saudável e comida saudável quando estão na frente de pessoas gordas.

A frase "vou comer só um brigadeirinho" nunca foi respeitada em nenhuma festa infantil desde o início do século XX.

O cervejeiro gourmet:
– Garçom, eu queria uma cerveja Premium, de preferência uma belga Golden Strong Ale estupidamente gelada.
– Só tem Kaiser quente.
– Tá bom. Manda!

A cerveja mais consumida no carnaval não é a Devassa, nem a Brahma, nem a Schin, é a Aquetiver. Aquetiver gelada... Aquetiver mais barata...

Me perguntaram:
– Seu abdome é de tanquinho?
– Negativo.
– É sarado?
– Negativo.
– É zerado?
– Negativo.
Conclusão: meu abdome é negativo!

Comentarista esportivo é aquele cara que a gente quer ouvir pra poder discordar 100% do que ele fala.

Cientistas descobriram a região do cérebro responsável por descobrir regiões do cérebro responsáveis pelas coisas.

Cientistas também já descobriram a região do cérebro responsável por não ter responsabilidade por porra nenhuma.

Da série "Descobertas científicas que melhorariam o mundo de verdade":
Cientistas descobriram que cada vez que um homem aperta o acelerador de sua Ferrari vermelha para mostrar o incrível ronco do motor, seu pênis decresce em média 1 milímetro.

facebook.com/MatrixEditora